-話

日乃出が走る〈二〉新装版

中島久枝

ポプラ文庫

目次

浜風屋菓子話

日乃出が走る

三

《新装版》

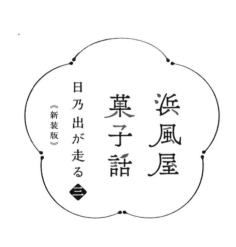

一、行くか戻るか、訳ありの引き菓子

少し開いた入口の戸の隙間から、花の香りを含んだ穏やかな春の風が流れてくる。朝の仕事がひと段落したこの時間が、日乃出《ひので》は好きだ。日乃出は仕事場の隅の空き樽に腰をおろした。小さな顔は日に焼けて、長いまつ毛に縁どられた大きな黒い瞳はいつも生き生きと輝いている。少し上を向いた鼻にふっくらとした唇、丸い頬、つややかな黒髪。娘らしくなったと言ってくれる人もいるけれど、自分ではよく分からない。

明治三年の春。

横浜の菓子屋、浜風屋《はまかぜや》で働きだして一年。橘《たちばな》日乃出は十七歳になった。

少し背が伸びた。腕と手足は相変わらず細い。ずいぶん食べているのにちっとも肉がつかないのは、仕事が忙しいからにちがいない。毎日水をくみ、餡を煉《ね》り、時には何十個もの饅頭を抱えて届けに行く。

二年前は、横浜で菓子を作るようになるとは、思ってもいなかった。

日乃出は日本橋の老舗和菓子屋、橘屋の一人娘だ。橘屋は将軍家、大名家の御用を賜《たまわ》る大店《おおだな》で、もしも幕末の動乱がなかったら今頃は、奥の座敷で婿取りの相談などをしていたかもしれないのである。

だが将軍家も大名家もなくなり、父の仁兵衛《じんべえ》は旅先の白河で急死した。主《あるじ》を失って橘屋は店を閉めた。母はすでになく、日乃出は一人になった。

家に伝わる掛け軸を取り戻すため、豪商の谷善次郎《たにぜんじろう》と百日で百両を稼ぐという賭けをしたのが縁で、横浜の小さな和菓子屋、浜風屋で働くことになった。そこにいたのが、浅草寺の仁王様のような大男の勝次《かつじ》と、役者のようにきれいな顔で少しなよなよとした純也《じゅんや》である。

その勝次は港の方に出かけた。純也は奥の板の間に寝転がって本を読んでいた。

「何を読んでいるの？」

日乃出は純也に声をかけた。

「伊勢物語《いせものがたり》。知ってる？」

「昔の話でしょう」

「そうよ。でも、すごく面白いの。好いた風ないい男が旅をして、いろんな出来事に出会うのよ」

半分起き上がって日乃出を手招きした。妙に色っぽい仕草である。細面《ほそおもて》の顔にまつ毛の長い切れ長の目とまっすぐで形のいい鼻。純也は美しい顔と姿をしている。そして、そういう美しい自分が大好きだ。短く刈った髪はいつもきれいに櫛目《くしめ》を入れて整えているし、こっそり唇に紅を塗っていることもある。今日も、藍色の帯に少しだけとき色の布をのぞかせていた。朝の忙しい時間に、よくそういうことまで気が回るものだと、日乃出はいつも感心する。

「あんたもこういう本を読んで少し教養を高めた方がいいわ」

純也が伊勢物語を日乃出に手渡した。

ぱらぱらとめくると烏帽子《えぼし》をかぶった平安貴族風の男の挿絵があった。男は事情があって京の都を離れ、友人と三人で東国をめざして旅をしている。

三河《みかわ》の国の八橋《やつはし》という所にやって来たところだ。

八橋という名の由来は八つの橋がかかっているからだ。おりしも初夏のことで、かきつばたがきれいに咲いている。男達は川のほとりで一休みをした。

「仲間の一人がかきつばたの文字を読みこんで和歌を作ってみようと言い出すのよ。それで、男が詠んだ。

『唐衣《からごろも》　着つつなれにし　つましあれば　はるばる来ぬる　旅をしぞ思ふ』ね。か、き、つ、ば、た。ちゃんと頭に文字が詠みこんであるでしょう。唐衣のようになじんだ妻が京都にいるのに、何と自分は遠くまで旅をしてしまったことだろう。三人はすっかり悲しくなって涙を流したので、食べようと思っていた米がすっかり濡れてしまった……とさ」

「それだけ？」

「それだけ」

日乃出はきょとんとした。

どこが面白いのかよく分からない。

「分かっていないわねぇ。すごく悲しい話なのよ。都を遠く離れて知らない土地に来た男達が楽しい振りをしているんだけど、やっぱり悲しくなっちゃうの。帰りたい。でも、帰れない。ああ、あんなことを言わなきゃよかった。しなきゃよかった。俺ってバカ、ホントしょうもない奴ってうじうじ後悔するの」

純也は得意そうに自説を唱えた。

「男の癖に泣いたりして、女々《めめ》しくない？」

「そういう所は、男も女も関係ないのよ。あんただって、日本橋に帰りたいって思ったこともあるでしょう？」

「ない、訳じゃない」

「ほら。ごらん。誰でも、そういう思いをしているのよ。ふつうは泣いたり、弱音を吐いたりできないでしょう。でも、この本の中の男達は盛大に泣く。あたし達の代わりに泣いてくれる。だから心に響く。あたしは昔、船に乗っていた頃のことを思い出したわ」

純也は遣仏使節団《けんふつしせつだん》の一員として欧州に行ったことがあるのだ。

「来る日も来る日も海ばかり。船は揺れるし、仕事ときたら船酔いで寝ているお偉いさんのお世話でしょう。夕日を見ると、日本が懐かしくて涙が出そうになった。でも、おやじ様と喧嘩して無理やり出発してきたわけだから、意地でも泣くもんかと思っていた。あの頃、この話を知っていればよかったわ」

　純也は芝居がかった様子で泣く真似をした。

「まぁ、あんたはお子ちゃまだから、人生の機微が分からないのよ」などと言いながら、二階に上がっていってしまった。

　しばらくして、入口の戸が開いて、若い男が入ってきた。

「休んでいる所、悪いね。菓子を見せてもらえないか」

　言葉遣いは大人びているが、顔立ちはまだ少年のようである。ふっくらとした頰に団子鼻。りすかうさぎを思わせる黒く丸い瞳ははしっこそうに動いて、油断のならない感じだ。背は日乃出の目の高さほど。頭の鉢《はち》が大きいが、首も肩も細くて頼りない。黒っぽい着物から伸びた腕にはいくつか火傷の痕があり、指先はしもやけで赤くなっている。

　見慣れない顔だが、どこかの店の菓子職人だろうか。

「上生《じょうなま》ですと、今あるのはこの三種類です」

　木箱の蓋を取って中の菓子を見せた。岩根つつじ、都鳥《みやこどり》、青楓《あおかえで》が並んでいる。

「みんな煉り切りだな。こなしはないのか」

　煉り切りというのはこし餡に求肥《ぎゅうひ》餅などを加えて成形しやすくしたもので、東の方で好まれる。京大坂でよく見られるのは、こなしだ。こし餡に小麦粉を加えて蒸し、もみこなしたので、この名がついたとも言われている。

「お客さんは関西の方ですか？」

「まぁな。京都からこっちに来たばっかりや。上方《かみがた》から見ると、東京も横浜もたいした菓子はないな」

「そうですか」

菓子屋に来て、それを言うか。たいしたことないなら、浜風屋に来ることもないだろう。子供のくせに生意気な奴である。日乃出は冷たい調子で答えた。

少年は日乃出の様子に頓着することなく、菓子に息がかかるほど顔を近づけて菓子を眺めている。

「うん、この岩根つつじは悪くないな。基本通りで面白味はあらへんけど、ようできとる」

岩根つつじは若葉の季節に山に咲く花だ。勝次は、緑に染めた煉り切りの口元を寄せてひだをつけ、鮮やかな紅色に染めてそぼろにこした煉り切りをこんもりとのせて、みずみずしい花の様子を描いた。近頃ぐっと腕をあげた勝次らしい端正な仕上がりである。

「こっちは薯蕷《じょうよ》饅頭の都鳥か」

薯蕷饅頭は、皮にすりおろした山芋を使ったものだ。ほのかな山芋の香りがあって、色も白く、食べ口もふんわりとしている。饅頭といえば普通は丸い物を考えるが、何事も自由な純也は鳥の形に仕上げた。黒く目を入れ、少しとがらせた先端を黄色く染めてくちばしとし、赤い線を三本入れて尾に見立てた。

「伊勢物語の『名にし負はばいざこと問はむ都鳥　わが思ふ人はありやなしやと』の歌にちなんでるんやろ。今まで、都鳥はいろいろ見てきたけど薯蕷饅頭は初めてやな。うん、面白い、面白い」

一人で何度もうなずいている。

「どこかのお店の方ですか？」

「そうや。まあ、京都やとちょっとは名の知れた店や」

少年は偉そうに言って心なしか胸をそらした。

「ご維新やなんやいうてあっちこっち焼けて菓子どころやないんや。店の主人が東京に移るいうんで、みんなで荷物まとめてこっちに来たんやけどなぁ。東京で店出すいうても難儀なことや。一から始めなあかん。いっそのこと、新しい店に入るのも面白いかと思たんや。今、腰を落ち着ける店を探してる所や」

「お若いのにすごいですね」

日乃出は精一杯の嫌味をこめて言ってみた。

「年か？　十六や。子供や思てるんやろ。せやけど今まで人の二倍、三倍は働いて来とるからそこらの職人には負けへん。五郎《ごろう》っていうんや。覚えといてや。姉さんは、なにか。この店の店番か」

「店番じゃないです。菓子を作っています」

思わず言葉に力が入る。

「ほう。どれや」

「青楓です」

日乃出は緑色に染めた菓子を指さした。涼しげな寒天で楓の姿を表している。

五郎はじろりとながめ、ぷっと噴き出した。

「なんや、これは。色も平凡やったら形も普通。おまけに時間経って汗かいとるやないか。これでお代取ろうやなんて十年早いわ」

「笑うなんて失礼じゃないですか」

日乃出は思わず声を荒らげた。五郎は待ってましたという顔になった。

「その程度のできやから正直に言うたまでや。ええか、一つ教えたる。青楓の色かて一つやないんやで。芽吹いたばっかりの頃は淡い緑、日が経つにつれて緑が濃く、力強さが出て来る。微妙な色の変化を菓子に映すから食べる方も楽しいんや。あんたのは最初から最後まで同じ色やろ。青楓いうたら、こんなもんやと思て色付けしとるから菓子が生きてけえへん。表に出て、じっくり青楓の色を見てみたらどうや」

ぐっと言葉につまった日乃出に向かって「岩根つつじと都鳥をひとつずつ」。立ったままむしゃむしゃと食べると五郎は店を出て行った。

なんだ、あいつ。

塩、まいてやろうか。

日乃出は五郎の出て行った入口の方を向いて、思いっきりあかんべえをした。

横浜の菓子はたいしたことないと言ったくせに、五郎は毎日のようにやって来る。

ある日はこんなことを言った。

「しかし、関内あたりのにぎやかさに比べたら、ここは淋しいなぁ。路地で猫が昼寝しとったで。こんなとこで商売になるんか」

浜風屋は関内や吉田町通りのにぎわいから少し離れた、野毛町の雑木林に続く坂道の途中にある。しかも、通りに面している訳ではなく、大家である三河屋《みかわや》の脇の路地のどんづまりだ。ふりの客はまず入ってこない。だが、それなりに名を知られているので料理屋や茶人からの注文がある。勝次と純也と日乃出の三人が食べていくには十分なのだ。

ある日は、また別のことを言った。

「あんた西洋菓子を勉強してたんやってなぁ。日本の菓子が中途半端やのに、西洋菓子に色気を出してもなぁ。二兎を追う者はなんとやら。時間の無駄やったんと違うか」

痛いところをついて来る。

「ああ、あかん。こんなにごてごて細工をしたら、食べる気にならん。手の熱で菓子が傷むやろ。とくに女は手が温かいから気ぃつけや」

五郎は勝次達が出かけて、日乃出が一人で店にいる時間を見計らうようにして顔を出す。

その日は、来るなり饅頭を立て続けに三つ食べ、言った。

「そや、昨日はあれから、クイーンズホテルに行ったで。目の玉が飛び出るほど取られたけど、アイスクリンは確かにうまいな。横浜に来て、初めてうまい物《もん》食ったわ」

クイーンズホテルというのは英国系のロビンソン商会が海岸沿いに建てた、西洋式の大きなホテルのことだ。五階建ての白い美しい建物で、入口には金ボタンの制服を着たボーイが立っていて客のために扉を開ける。何から何まで西洋式というのが売りなのだ。

クイーンズホテルの一階にはすばらしく豪華な喫茶室があって、西洋菓子を食べさせる。日乃出はロビンソン商会の専務のタカナミとちょっとしたいざこざがあった。だから自分では行ったことはないが、嫌でもその様子は耳に入る。

白いエプロンをした娘が注文を取りに来る。その娘たちがみんな若くてかわいらしいとか。黒くて苦いお茶と泡の立つ酒がうまいとか。クリームのたっぷりかかったケーキと冷たいアイスクリンは絶品である、などなど。

もちろん値段は高い。

しかし、好景気の横浜にはちょっとした金持ちがたくさんいる。そういう小金持ちの間では、クイーンズホテルで食べたり飲んだりするのが流行りになっている。

浜風屋の大家で、乾物三河屋の主人の定吉《さだきち》もよく行くらしい。

目の前に立っている五郎は、どう見ても〝ちょっとした金持ち〟には見えないが、流行りの店ということで行ってみたのだろう。

「あんたのとこでも、アイスクリンを売ったんやろ」

日乃出は仕方なくうなずいた。

函館《はこだて》から氷を仕入れ、馬車道の三河屋の店先を借り、本邦初と名乗ってアイスクリンを売った。たった数日のことだったが長い行列が出来た。

「今年も、売るんか」

クイーンズホテルが出来てしまった今、日乃出達の簡素な店にどれぐらい人が集まるか。高い氷を函館から仕入れても売れなければ、ただの水になってしまう。いまだ決めかねている。

「白柏屋《しらかし》もすごい人気やった」

五郎は何食わぬ顔で言った。白柏屋にも思う所がある。

日乃出は五郎をにらんだ。

「『本家薄紅《うすべに》　江戸の老舗名店　大掾《だいじょう》橘屋　改め白柏屋』と幟《のぼり》が立っとった。浜風屋と白柏屋のどっちが本流なんや」

白柏屋というのは、橘屋の番頭だった己之吉《みのきち》がかつての職人達を集めて日本橋に開いた店である。店がなくなって行き場を失った人達の働く所を作ったといえば聞こえはいいが、売っている品物はもちろん、掛け紙からなにからそっくり橘屋をまねている。

あろうことか、つい最近、横浜に店を出した。日本橋の店では雇われていたが、横浜の店は己之吉が主人であるという。

「まったく、のんきやなぁ。このままやと、白柏屋に客を持ってかれてしまうで。なんやったら、わしが助《すけ》たろか」

いつまで、ここで無駄口をたたいている気だ。いい加減、帰ってもらいたい。

日乃出が何度目かのため息をついた時、裏口が開いて勝次が姿を現した。

「いらっしゃいませ」

大きな体にふさわしい、低くてよく響く声で言った。勝次は元侍である。ちょっと見はかなり怖い。大男で首にも肩にも厚い肉がついていて、腕はこん棒のように太い。えらの張った四角い大きな顔には太い眉とぐりぐりと動く大きな目玉。縮れた髪はまとめて一つに結っている。

五郎はしまったという顔になった。

「あ、いや、なんでもない。ご馳走様でした」

五郎は急におどおどした態度になって出て行ってしまった。

「日乃出目当てに来る客っていうのは、あの男か」

勝次がたずねた。

「誰がそんなこと言っているんですか？」

「純也だよ。いつも親しそうに話をしているから、邪魔しないようにしてくれって言われた」

一体、何を勘違いしているんだ。

「違います。全然、違います。私は話なんかしたくないけど、お客さんだと思うからいやいや相手をしているんです。今度から来ても、すぐ帰ってもらいます」

日乃出は余計に腹が立って、口をとがらせた。


夕刻、もう一人、別の客が来た。

「橘屋の娘がいる店はここか」とたずねた。

馬のような長い顔で額が広く、細い目をしている。松の地模様を織り込んだ羽織は見るからに上等そうな絹である。町人髷《まげ》を結っているが、横柄な口のきき方といい、たたずまいといい商人には見えない。役人か何かだろうか。

「私が橘日乃出ですが」

日乃出が進み出ると、目を細め、じろりと眺めた。

「わしは深川松《ふかがわまつ》の主人の幸右衛門《こうえもん》だ。深川松のことは知っているか」

言葉とは裏腹に、知らぬはずはないだろうという響きがあった。

深川松は浅草山谷《さんや》ばしの八百善《やおぜん》、大音寺《だいおんじ》前の田川屋《たがわや》に並ぶ、江戸でも三本指に入ると言われる名料亭である。「一度食べたや深川松」という俗曲があるほどで、店に上がったことはなくても、江戸っ子なら誰でも一度は名前を聞いたことがあるはずだ。

初代が八代将軍徳川吉宗《とくがわよしむね》の時代に深川に創業。両国、神田と店を移り、そのたびに大きく立派になった。加賀屋敷のそばにあるという今の店は総檜《ひのき》造りで、材木を紀伊から運び、伊勢の宮大工を呼んで建てたという。将軍家、大名家もたびたび訪れる格式だ。客が深川松を選ぶのではない、深川松が客を選ぶといわれている。

「この頃、みんなが横浜は面白い、横浜は面白いというから足を伸ばしてみた。確かに勢いがある。愉快ついでに、ここでわしの還暦の祝いをすることにした。料理は深川松で作るから引き菓子を頼みたい」

「どのようなものをご希望でしょうか」

「深川松らしい、こう、ぱぁっと華やかで豪華で、それでいて粋な江戸風のものだ。金はいくらかかっても構わない。そうだな、数は五十。横浜にちなんだものがいい」

引き菓子というのは、祝いの席で客に持ち帰ってもらう菓子のことだ。一折に大きめの三個の菓子を詰めた三ツ盛りが多く、松竹梅に鶴亀のほか、一富士二鷹三なすび、梅にうぐいすなどめでたい図案が使われる。

「橘屋の引き菓子はいいなぁ。流し物であっただろう。十二単《ひとえ》のように違う色を何層にも重ねたもの。あれはきれいだった。それから切り口に鳳凰《ほうおう》の図柄が出るというのもあった。ああいう物は橘屋ならではだ」

幸右衛門は楽しそうに語った。

勝次が日乃出の横に並んで、うなずきながら話を聞いている。純也も出て来た。日乃出は内心、困っていた。幸右衛門のいう流し物が出来るのは、橘屋の職人でも一人か二人。日乃出達に作れるはずもない。隣にいる勝次の顔をそっと見た。

「その還暦の会というのはいつのことでございましょうか」

勝次がたずねた。

「十日の後だ。場所はその先の本陣。わしは準備があるからそこに泊まっている。そうだな、まずは三日後に見本を届けてほしい」

「三日後……、ですか」

「考えるにしたって、それだけあれば十分だろう」

幸右衛門は話はそれで終わったという風に悠々と店を出て、待たせていたかごで帰って行った。

幸右衛門が出て行った後、三人は顔を見合わせた。

「十二単だの、鳳凰だのっていうのは土台無理な話よねぇ」

純也がため息交じりにつぶやいた。

「出来ることをやるしかないだろう。明日、本陣宿を訪ねて、詳しい会の様子を聞いてみよう」

勝次が言った。

参勤交代の折、大名が泊まるのが本陣宿である。明治になってそのお役は解かれたが、豪壮な建物はそのままに残っている。本陣宿は浜風屋の前の坂道をずっと上った丘の上にあり、雑木林を抜けて近道すれば歩いてもすぐだ。翌日、日乃出達は本陣宿の勝手口をたずね、幸右衛門にお目通り願いたいと頼むと座敷に通された。四十畳はあると思われる広間いっぱいに桐箱と、その桐箱に入っていたらしい皿や鉢、お膳が並べられ、その真ん中に幸右衛門がどっかりとあぐらをかいて座っていた。向かいには板前らしい、体の小さな初老の男が正座していた。

日乃出の顔を見ると、幸右衛門は機嫌よく言った。

「おう。橘屋か」

「いえ。今は浜風屋です」

勝次がやんわりと訂正した。

「ああ、浜風屋な。うん、うん。ちょうどいい所に来た。こっちは板前の露治《つゆじ》。深川松の板場で三十年も包丁を握っている。わしはな、本膳料理を出そうと思うんだが、露治が、そんなものを出してもみんな食べきれないというんだよ。あんた達はどう思うかね」

本膳料理というのは、室町《むろまち》時代に確立した武家の礼法から発展した正式の料理である。式三献《しきさんこん》から始まり、雑煮《ぞうに》、本膳、一の膳、二の膳と続き、深川松では七の膳まで出すという。

「若い人ならともかく、お年を召した方にはあまり量が多いというのも気の毒よねぇ」

何事も調子のいい純也が気楽に答えると「そうか、そうか。ならやっぱり露治の考えでいってみようか」と幸右衛門はうなずいている。

「このお道具は東京から持っていらしたんですか」

日乃出はたずねた。

「そりゃあ、もちろんだよ。将軍家拝領の屏風《びょうぶ》というのも運んで来た。将軍がいらした時にだけ使うものだから今まで人に見せたことはなかったけど、まぁ、その将軍もいなくなっちまったからね。狩野《かのう》派の何とかいう偉い人が描いたんだが、立派なもんだよ。たしかに見ものだ」

幸右衛門は聞かれてもいないことを大声で話し始めた。

南を向いた座敷は明るく、春の日差しが畳の縁の金糸銀糸をきらりきらりと輝かせ、ついでに幸右衛門のびんのあたりの白髪を光らせている。浜風屋に来た時は気がつかなかったが、目の周りのしわは深く、顔色もあまりよくない。疲れているのだろうか。

だが、幸右衛門は機嫌よく、しゃべり続けた。朝の茶がうまかっただの、夕べの魚が塩辛かっただのとどうでもいいような話が続く。

話に飽きて床の間に目をやると、中国の山水画がかかっていた。切り立った崖の上の庵で何か瞑想している男がいる。渓流には小舟が一艘。のんびり釣りをしているらしい。これも著名な絵師の手によるものだろうか。

並べられた器はどれも大層立派である。漆の黒は深くつやつやとしているし、目の前の皿も赤の色がとびきり美しい。左端の、どこかの古道具屋にありそうなくすんだ茶色の茶器こそ、高価なものではあるまいか。

はたして一流好みで目利きの幸右衛門を満足させられるような菓子を作ることができるのか。

日乃出は何気なく目の前の器を手に取った。

「お、気を付けてくれよ。それは尾形乾山《おがたけんざん》だ」

乾山といえば世に聞こえた江戸の名工で絵師。兄は尾形光琳《こうりん》である。日乃出は危うく器を落としそうになった。

「しかしまぁ、乾山としたら出来は今一つだな。露治、あれに刺身でも盛るか」

露治はうなずくと、手元の帳面に何か書き込んでいる。

「だいたい、京都のやつらはお造《つく》りなんて気取りやがって嫌だねぇ。江戸では刺身っていうんだ。桶の中で生きている魚をぱっとさばいて出すから刺身。それでいいんだよ。そうだ。いつだったかねぇ、京都の料理人がうちに来て包丁の技を見せてくれって言うんだよ。わざわざ、目の下三尺というぶりを持って来た。おい、聞いているか橘屋」

幸右衛門が大きな声で日乃出を呼んだ。

「あ、はい。聞いてます」

「今は浜風屋ですから」

勝次がやんわりと訂正した。

「ああ、分かった浜風屋だな。それでな、この露治が出て行って、出刃包丁を取り出すとぶすっと腹に包丁を立てて真っ二つに割ったんだ。あいつら目をぱちくりだ。それからはまるで、舟の上で漁師が料理するみたいなものさ。バンバンとわざと大きな音をたてて魚をさばいていった。なんだ、この乱暴なやり方はと、京都の料理人は鼻で笑っていた。わざわざ来るまでもなかったとあくびをかみ殺していた者もいたよ。そのうちに、やつらは気がついた」

幸右衛門は日乃出の顔をのぞきこんだ。

「乱暴なのは音だけだということにさ。まな板の上は整然として血の一滴、うろこの一枚も飛び散っていない。やがて身を乗り出して、露治の手元を見つめた。刃の厚い出刃包丁を自在に操って出来上がった刺身は、年増女の肌のようになめらかで、登城する侍の裃《かみしも》みたいに角がぴんとはっていた。皿に盛りつけた時には、ぐうの音も出ないって顔をしていたな」

幸右衛門は声をたてて笑い、露治は少し照れたように、だがうれしさを隠し切れない様子でほほ笑んでいる。

「おい、橘屋。お前の所は水野様の時代を知っているのか」

勝次の片方の眉がぴくりと動いたが、もう訂正しなかった。

「老中の水野忠邦《ただくに》様のことですか。私の所は父で三代目ですから、その頃はご用を賜っておりませんでした」

日乃出は応えた。

「それは残念だったな。水野様の時代は菓子屋は大変に忙しかったんだ。なぜだか、分かるか」

幸右衛門は意味深長な様子でにやりと笑った。

「菓子折りに小判を隠したからだよ」

水野忠邦の時代は賄賂《わいろ》が横行したという。菓子折りに小判を隠したというのは聞いたことがあるが、あれは本当の話だったのか。

「本当さ。ひとつの宴会があると菓子折りが十も二十も動くんだ。そんな宴会が一晩にいくつもある。上がそう来れば、下々もそれに倣《なら》う。小判が銀になり、菓子折りが軽くなったとしても、何がしかは贈らないと格好がつかない。だからあっちでも宴会、こっちでも宴会。中には七日、十日と続くものもあったんだ」

幸右衛門は遠くを見る目になった。

「まぁ、その時代があったから深川松も土台が出来た。これだけの道具が買えたんだ」

一瞬、幸右衛門の目に影がさしたような気がした。だが、すぐに元の顔に戻った。

「橘屋。いいか。これぞ深川松というような、すごい引き菓子を作って来いよ。分かったな」


二日後、日乃出は勝次と純也とともに幸右衛門を訪れた。座敷では幸右衛門と露治が待っていた。幸右衛門は待ちきれないという風に身を乗り出した。

日乃出は風呂敷包みを解いた。漆塗りの箱の中には、押し餡の上に荷を積んだ黒船を宝船のように砂糖で描いたもの、薯蕷饅頭の白いかもめ、煉り切りの西洋人形の三つの菓子が入っている。

「ううむ」

そう言うなり、幸右衛門は横を向いた。

「お気に召しませんか」

勝次がたずねた。

「まあな。黒船にかもめに西洋人形か。横浜と聞いて誰もが思い浮かべるようなものばかりで工夫も何もない。ぱっと、こちらの目を覚まさせるようなものは作れないのか」

その言葉に日乃出と勝次、純也はうつむいた。

「でも、まぁ、一生懸命に作ってございますよ」

露治はなだめるように言って、菓子を盆に並べた。

「一生懸命が褒められるのは見習いのうちだけだ。二日酔いでも腹痛《はらいた》でも、それなりに仕上げるのが職人というものだ」

幸右衛門は憎まれ口をたたきながら菓子をながめた。

「しかしまぁ、よく見ると、なんだな。宝船はまぁまぁだ。霞ぼかしがきれいだ。かもめも力の抜け加減がいい。うん、うん。及第点という所か」

少しほっとした。宝船は勝次が、かもめは純也が作った。

「しっかしなぁ。この西洋人形はいかん。菓子をこんなにこねくり回したら、だめだ。こんな手垢をなすりつけたような菓子は、いくらなんでも食べる気がしない」

それは日乃出が作ったものだ。日乃出は耳まで赤くなった。

「なんだ、どうした。この人形は橘屋が作ったのか」

幸右衛門はにやにやと笑いながら言った。

「まだまだだな」

それからふっと真顔になった。

「宝船を作ったのはお前か」

「よくお分かりで」

勝次が答えた。

「角がぴしりと立って断面がつやつやと光っている。東京の菓子屋でもこれだけきれいな包丁を使う者はなかなかおらん。元は侍か。さぞかし腕も立つんだろうな」

幸右衛門が皮肉な調子でつぶやいた。

「人斬り転じて菓子屋になる、か」

勝次の顔がすうっと白くなった。

「悪く思うな。生まれつきこういう性格だ。気にするな。じいさんの話によると、わしにはさる大名家の血が流れているそうだ。わがままで、人を人とも思わないのはそのせいだ」

たしかに幸右衛門は商人らしくない。

横柄な態度でずけずけ物を言うこともそうだが、顔つきや体つきも商人ぽくないのである。そもそも商人は菓子屋でも、料理屋、呉服屋でも、体が小さい方が喜ばれる。客を見下ろしてはいけないからだ。店の者に威張られて喜ぶ客はいない。どんなに店が大きくなろうとも、いや、大きくなればなるほど頭《こうべ》をたれ、客を立てる。それが商いというものだ。

日乃出は幸右衛門の長い顔を眺めた。商人の顔ではないが、ならば大名、老中の顔かといわれれば違いそうだ。ともあれ、自分が一番だとうぬぼれている顔であることは確かだ。

幸右衛門の声が響いた。

「よし、分かった。もう三日やろう。考え直して、持ってこい」

日乃出達はいっせいに頭を下げた。


浜風屋に戻ると、日乃出は松弥《まつや》の菓子帳を取り出した。浜風屋の元の主人である松弥は、江戸で修業した腕のいい菓子職人だった。松弥は折々に作った菓子を絵に描いて残していた。墨で描いて色をつけ、菓銘の由来や季節、使う素材やその製法なども事細かに解説していた。

今まで、この菓子帳にどれだけ助けられたことか。

自分の覚えのためだけなら、こんなに細かく記録する必要はなかったはずだ。松弥は自分がいなくなった後も、勝次や純也が困らないようにこの菓子帳を残してくれたに違いない。日乃出は、そんな風に感じている。

日乃出は菓子の名前に目を留めた。

「東雲羹《しののめかん》とは。寒天を用いず、餡だけを羊羹舟に詰めたもの。赤や青などを重ねて、明け方の空の風景に見立てる」

「黄味羽二重《はぶたえ》しぐれとは。ゆで卵の黄身を裏ごしして白餡に混ぜて蒸したもの」

橘屋に東雲羹と黄味羽二重しぐれを組み合わせた菓子があったことを思い出した。秋の夜という菓銘がついていた。あの菓子を作ってみたらどうだろうか。

東雲羹から作ってみようと、仕事場に下りて白餡を取り出した。

濃い赤、中くらい、薄い赤の三色に染めてのばし、舟と呼ばれる羊羹用の木製の型に敷く。だが、羊羹はべとべとと手にねばりつき、上手に重ならない。

「日乃出、深川松の菓子でしょう？　あんた、今度は何を作るつもり？」

鍋を洗っていた純也が首をのばしてたずねた。

「東雲羹を作ってみようと思うんだけど」

がらりと表の戸が開いて、別の顔がのぞいた。

「深川松の仕事かぁ。豪勢やな」

五郎である。

「東雲羹やったらわしの得意技や。春はあけぼの、やうやう白くなりゆく、山ぎは少しあかりて、紫だちたる雲の細くたなびきたるって風情で作るんや。知っとるか、清少納言の枕草子」

偉そうな物言いに日乃出はかちんと来た。

「今日は何のご用ですか？」

「饅頭を買いに来たんや。一個くれ」

文句はあるかという顔である。

五郎は立ったまま、むしゃむしゃと食べ始めた。日乃出は五郎にかまわず、東雲羹に戻った。

「なんや、その手つき。まるで素人やなぁ。それは餡の水気が多いんや。最初にちゃんと火どったんか？」

火どるというのは、火にかけて餡の水分をとばすことだ。早く作りたいものだから、日乃出はひとつ手順をとばしていた。

「面倒でも最初の準備をとばしたらあかん。早くきれいに出来るから、結局、その方が近道なんや」

五郎がすかさず説教する。

日乃出は大きく頬をふくらませ、わざとらしくため息をついた。

「ご機嫌ななめか。せっかく、いろいろ教えたろ思たのに」

五郎は出て行った。

もう一度火どってから東雲羹に取り掛かると、今度はきれいに出来上がった。悔しいが、五郎の言う通りである。

勝次が仕入れから帰って来て、「きれいに出来たな」とほめてくれた。

「深川松のことがちょっと気になったんで、本陣宿に寄って来たんだ」

勝次は床几《しょうぎ》に腰をかけた。日乃出と純也も古い醤油樽を持って来てそばに座った。

「疑う訳じゃないけど、深川松の主人がわざわざ横浜で還暦の祝いをするっていうのも妙な話だ。支度があるとはいえ、十日も十五日も横浜に居続けることになる。店の方は大丈夫なんだろうか」

「そうねぇ。でも、店には息子とか、番頭とか、ちゃんと守っていてくれる人がいるんじゃないの？」

純也が首をかしげた。

「客は五十人と言ったよな。五十人前の料理をあの板長一人で作るつもりだろうか」

深川松の料理は値段が高いことで知られている。ひとつには水は玉川上水からくんできたもの、初物のたけのこは房総《ぼうそう》の朝掘りというように材料にこだわるからだ。それだけでなく、料理そのものに手間がかかっている。深川松が得意とする練り物や真薯《しんじょ》は、すりおろしたり、裏ごしをかけたりする仕事が欠かせない。有名な鯛の椀は、三人の板前が半日かけて鯛をすりおろすと聞いたことがある。

「いよいよとなったら、東京から板前が来るんじゃないの？　こっちで職人を探すとか」

純也がのんきな調子で言った。

「宿の女将にたずねたが、そんな話は聞いていないといわれた」

本当に深川松の主人なのか。

だが、深川松を騙って何か得があるのか。なぜ、浜風屋に菓子を注文したのか。

意味が分からない。

その時、表の戸が開いて小僧さんが顔をのぞかせた。

「深川松の幸右衛門様のお使いでまいりました。宿の方に至急、来ていただきたいそうです」

勝次、純也、日乃出は顔を見合わせた。嫌な予感がする。三人は急いで本陣宿に向かった。女将の案内で宿の長い廊下を進んで広間の前に来た。襖《ふすま》を開けると幸右衛門の向かいに見覚えのあるやせた背中があった。

「日乃出さん、お久しぶりでございます」

振り返った顔は横浜白柏屋の主人、己之吉だった。

あごのとがった、しわの多い顔にこずるそうな細い目が光っている。

「いや、急に呼び立てて悪かったなぁ。橘屋の本流なら浜風屋ではなくて、白柏屋だという人がいてね。今、いろいろ話を聞いていた所だよ」

幸右衛門がおっとりとした調子で言った。

「いえ、そちらのご商売の邪魔をするつもりはないのですがね、たしかに日乃出さんは橘屋さんの一人娘ではあるけれど、仕事場に立っていた訳ではないですからねぇ。菓子は横浜に来てから勉強されたんでございましょう？　深川松様のような老舗の御用を賜るのはそれ相応の修業を積まないと」

己之吉は自分で言って、自分でうなずいた。

「そうすると何か、お前の所には橘屋の職人がいるってことかい」

「もちろんですよ。残された店の者たちが橘屋の名前を途絶えさせてはいけないって集まって始めたのが白柏屋でございますから。この道十年、十五年、中には二十年以上という職人もおります。看板が変わっただけで、中身は昔のまんまの橘屋なんでございますよ」

「なるほどなぁ」

幸右衛門が腕を組んだ。己之吉の話だけ聞くと、白柏屋こそが橘屋であるというように思える。日乃出は思わず詰め寄った。

「私だって娘だからって奥に引っ込んでいた訳ではないんですよ。いつも仕事場の端にいて職人さん達が働く様子を見させていただいていました。父からはよく菓子の話を聞いていました。それになにより、橘屋三代の血が流れているのは私なんですから」

「まぁ、そうだなぁ。舵取りをするのは主人の役目。職人というのはいくら仕事が出来ても職人だからなぁ」

「失礼ですが、日乃出さんは見ての通りの若さですしねぇ」

「まぁ。そうだな」

幸右衛門はあごをなでながら思案している。

「菓子の方は、もうご覧になったんでございますか？」

己之吉が畳みかける。

「色かさねも？　鳳凰羹も？」

「あ、いや。それはまだだ」

「ええ、ええ。そうでございましょう。あれが出来るのは、たくさんおりました橘屋の職人でも、わずか一人か、二人。白柏屋には、そのものがおるんでございますよ」

己之吉は昔から口のうまい男であった。こすっからいぐらいに目端が利いた。日乃出達の痛い所をついてくる。

「そうさなぁ」

幸右衛門は日乃出と己之吉の顔を等分に眺めた。

「あい、分かった。それではこうしよう。双方で菓子を作ってもらい、どちらの出来がよいかは客に決めてもらおう。それで、どちらが本当の橘屋ゆかりの店かが分かるという訳だ」

「ありがとうございます。さすがは深川松様、確かなご判断でございます」

己之吉はしてやったりの表情である。

「でも、それは……」

日乃出は言いかけたが、後の言葉が続かない。

「浜風屋は不満か？　五十個ずつ注文を出し、その金は深川松が出す。お前達は店の名に恥じぬ菓子を用意せよ。橘屋の名をかけた菓子合わせだ。当日は、横浜はもちろん、東京からも食通達がこぞってやって来るぞ。やつらの舌が決めるんだ。これ以上、まっとうな勝負はない。ああ、愉快、愉快。将軍家拝領の屏風など見せた所で面白くもなんともない。なにか、こう、ぱっとするような人寄せの出し物がないかと思っていた所なのだ」

幸右衛門は馬面の顔をさらに長くして悦にいっている。まるで、子供が新しいおもちゃを手にした時のようだ。この男、人が悪いのか、金持ちの世間知らずか。橘屋の名前で遊ばれてたまるか。そっと隣を見ると、己之吉がちろりと赤い舌をみせた。


「だから、知恵を絞ればいいんだよ」

本陣宿からの帰り道、日乃出は口をとがらせた。

今までだって少々不出来な酒饅頭に辻占をつけたり、技や経験の足りない分を知恵と工夫で切り抜けてきたではないか。

今回だって、何とかなる。なるに違いない。なんとかせねば、ならない。

雑木林の足もとには紫のすみれが咲いていた。

「それにしても、白柏屋はどこから深川松の話を聞きつけたのかしら」

純也が首を傾げた。

「あの口ぶりだと己之吉が深川松に直接会って、談判したという感じだったものなぁ」

勝次も考えている。

「だいたい、よその店の仕事を横取りしようなんて根性が悪いわよ。日乃出がいるのに、うちが橘屋の本流ですなんてさ、図々しいにもほどがある」

純也は腹を立てていた。

「もしかしたら……。いやいや、人をうたがっちゃいけない」

何か一人でぶつぶつ言っている。

「気になることがあるの？」

「五郎って子のことよ。あたし達が深川松のこと、しゃべっていた時に店に来たでしょう」

思い出した。深川松とは豪勢だなと言っていた。あの子がしゃべったのか。

「五郎って、あの背の低い、上方から来たって職人か？　俺はてっきり、日乃出に会いに来ていたのかと思ってたぞ」

勝次が言った。

「だから、それは違うって言ったじゃないですか」

日乃出は声を荒らげた。

「そうかぁ。でも、二人でよくしゃべっているんじゃないのか。年も近いし、話が合いそうだと純也も言っただろう」

「最初はそうだと思ったんだけどねぇ」

「話なんか、ぜんぜん合わないよ。向こうが勝手にしゃべってくるだけで、私はずっと邪魔だと思っていました」

なぜだか分からないが、日乃出は五郎のことを言われると、むやみと腹が立つ。イライラしてくる。顔もしゃべり方も、妙に押しつけがましいところも、好きじゃない。どうして勝次も純也も、五郎と日乃出が合うと考えるのだ。

浜風屋まで戻って来た時、店の前に人の影が見えた。お客さんだろうか。

いや、ちがう。

あの背丈。頭の形。

あいつだ……。

「いやだ。噂をすれば、なんとやら」

純也が笑った。五郎は藍色の前掛けをしている。前掛けには、丸に柏の文字。白柏屋の前掛けではないか。

「何よ。あの子、白柏屋で働いているんじゃないの。やっぱり、あいつよ。あいつがしゃべったんだわ。五郎。待ちなさいよ。あんたでしょう」

純也が駆け出した。五郎は純也の声を聞いて、思わず腰がひける。逃げ出そうとした五郎の襟首を純也がつかんで引き寄せた。

「なによ。あんた。白状しなさいよ。うちが深川松の仕事を受けていること、あんたが己之吉さんにしゃべったんでしょう。用もないのに、しょっちゅう店に来て何をしているのかと思ったら、うちの店のこと、探っていたんだわ。ああ。悔しい」

「ちょっと待ってくれや。何のことかさっぱりわからへん。わしは己之吉さんに、何もしゃべってへん。白柏屋には今日、入ったばっかりや。近くまで来たから、店が決まったて挨拶に来たんや。後生や。殴らんといて。なぁ」

純也は五郎の首をぐいぐいとしめあげたので、五郎は悲鳴をあげた。勝次が割って入って純也をなだめた。

「わかった。わかった。とにかく話を聞こう」

五郎は近江の生まれで、京都の亀屋吉野《かめやよしの》という店で働いていたという。遷都にともなって店の主人や他の職人と一緒に東京にやって来たが、東京も荒れていて先の見通しは暗い。横浜は景気がいいと聞いてこちらに来た。あちこち声をかけて、ようやく決まったのが白柏屋だった。

「自分で言うのもなんやけど、腕には自信がある。京菓子が出来るんやったら、そっちの仕事を任せる言われたんや」

五郎は胸をはった。

「主人の己之吉さんにか」

勝次が静かな調子でたずねた。

「あ、もちょっと下の人やけどな。己之吉はんは金勘定は出来るかもしれへんけど、菓子のことはまるで分かってへん。橘屋におった人達もどんどん辞めていって、代わりに入って来た職人は数は多いけど、考えていることがばらばらなんや。わしならみんなをまとめて、職人頭になれると思てるんや」

五郎は自信満々だ。

「あんたが思っているように物事が進むといいけどね」

純也が皮肉な調子で言った。

人をまとめるにはそれ相応の器というものがある。五郎がどれほどの腕を持っているか分からないが年も若いし、関東と関西では流儀が違う。そもそも、いつも偉そうに説教口調でしゃべる若造に人がついて来るだろうか。

「深川松は近々宴会をやるんやろ。将軍家拝領の屛風を売りに出すそうやな。金持ち仲間の間で、ちょっとした噂になってるそうや。己之吉はんは、店によう来るお客さんから話を聞いたんや。わしのせいと違う」

五郎は言った。

日乃出達は顔を見合わせた。

将軍家拝領の屛風を売りに出すとは初耳だ。

還暦の祝いというのは口実で、道具類を売るつもりか。道具は一度人手に渡ったら、容易には戻って来ない。売るというのはよっぽどのことだ。

日乃出達は深川松について、少し調べてみようということになった。

勝次は老舗菓子屋の美浜堂《みはまどう》に行き、日乃出と純也は関内の万国新聞社《ばんこく》に向かった。

万国新聞は週一回発行する日本語の新聞で船の入出港予定や茶葉や絹糸の値段な

ど、主に横浜の商売全般に関する記事が載っている。

万国新聞社は運河沿いの古びた木造二階建ての中にある。すりガラスの扉から中をのぞくと、三つ並んだ机の手前の席で和服に革靴、短髪の若い男が何か書き物をしていた。記者の竹田《たけだ》である。

「竹田さん。こんにちは」

日乃出が声をかけると、竹田は日に焼けた顔をほころばせた。

「いやぁ、日乃出さんに純也さん。お久しぶりです。今日はなんですか？　ちょうど一休みしようと思っていた所です」

竹田は身軽に立ちあがって茶をいれてくれた。着物が小さいのか竹田の手足が長いのか、袖からにょきりと腕がのびている。

「今、八十八夜の新茶と絹糸の記事を書いているんです。今年は天候がよかったとかで質がいいそうです。いい値がつくだろうってみなさん期待していますよ」

横浜はますますの好景気という訳だ。

「竹田さんは深川松という東京の料理屋をご存知ですか？　本陣宿でご主人の還暦の祝いをするそうですが、何か聞いていますか？」

日乃出がたずねた。

「深川松、ですか？　申し訳ない、東京の店まではよく知りません」

日乃出は深川松が横浜で、将軍家拝領の屏風などを売るという話を聞いていないかたずねた。

竹田は立ち上がると、部屋の隅に積んであった紙の束を抱えて戻って来た。

「これは東京から送ってもらっている新聞、瓦版の類です。深川松のことが出ているかもしれない。ご覧になりますか」

机の上にどさりとおいた。竹田は自分の机に戻り、しばらくすると用があるからと外へ出て行った。残された日乃出と純也で一つ一つ見ていった。最初はまじめに見ていたが、すぐに純也は飽きてしまったらしい。

「ねぇ、日乃出、王子の方で狐火が出たんだって」

「ああ。あそこは昔からお稲荷さんで有名だから」

「ねぇ、ねぇ、歌舞伎役者の市川團十郎《いちかわだんじゅうろう》って玉子焼きが好きなんだってさ」

純也がしょっちゅう話しかけてきて進まない。

「あのね、一々記事を読んでたらだめだってば。深川とか、松とか、幸右衛門とか関係ありそうな言葉だけを探すの」

「分かっているわよ、そんなこと。だけど面白そうなことが書いてあるから、ついさ」

日乃出の前には紙の束が積み重なった。気がつくと純也の倍ぐらいの高さになった。

「あああ。なんだか、もう飽きちゃった」

純也は立ち上がってそこらを歩き回りはじめた。

「ねぇ、ねぇ、ここはいつ来ても、竹田さんしかいないけど、本当は何人で働いているのかしら」

勝手に机の上や棚のあたりをいじっている。

「純也、余計な所を触ったらだめだよ」

「いやあね、そんなこと、しないわよ」

そういいながら机の上の筆を鼻の下にあてて「ひげみたい?」などと聞いて来る。

「もしかしたら夜だけ来る記者とか、いたりして。海の方からびっしょり濡れてあがってくるの。青い顔して恨めしやぁ」

「うるさいぃぃぃ」

幽霊の真似をしてからみつこうとする純也を無視して記事に目を通す。

「日乃出は、その束を全部見るつもりなの? あたしなんだか、お腹がすいちゃった」

「ちょっと、いい加減にして」

払った手が純也にあたり、お返しにぶたれ、純也が悪いんじゃないのと肘で押すと、なにさと押し返され、そんなことをしているうちに純也の肩が棚にぶつかり、紙の束がざらざらと床に落ちて部屋中に散らばった。

「ありゃあ」

日乃出があわてて紙を集めていると、竹田が外から戻って来た。驚いた顔をして突っ立っている。

日乃出はすみません、すみませんと謝りながら紙を拾った。純也も紙を集めはじめたが、その手が止まった。真剣な眼ざしで紙の綴りを眺めている。

「純也、どうかしたの？」

「ねぇ、これ、もしかしたら」

純也が綴りを差し出した。表紙に「御目録」とある。日乃出があわてて中を開くと長板鉢、平向《ひらむき》、徳利《とっくり》、漆盆と器の名前が続く。巻末には太い字で将軍家拝領屏風とあった。

「深川松が将軍家拝領の屏風を売るっていうのは、このことなんだ」

日乃出は言った。竹田がのぞきこむ。

「そういえば先日、柳葉洞《やなぎばどう》さんがこの冊子を持って来ました。私は骨董には不案内なので中もよく検めず、そのままにしていました」

「柳葉洞って吉田町通りにある骨董店だよね」

純也が言った。店構えこそ小さいが、掛け軸から屏風、皿小鉢、刀剣などとびきりよいものを扱うことで知られている。横浜の豪商善次郎も、柳葉洞の上得意と聞いている。

「柳葉洞に行ってみよう」

日乃出が言った。二人は吉田町通りに向かった。

柳葉洞はうっかりすると見過ごしてしまいそうな小さな古い店だ。看板はなく、店の前の柳の木が目印だ。

入口で名乗ると若い娘が出て来た。目録を見せて深川松のことをたずねたいというと、店の奥に通された。白髪を茶筅《ちゃせん》髷に結った老人が出て来て、主人の柳だと名乗った。

「この目録は深川松様のご依頼で、手前どもで作らせていただきました。よんどころないご事情がおありだということでございます」

「よんどころない事情って、まさか、お店を閉める訳じゃあないですよね？」

純也がたずねた。

「いえ、そういうことではありません」

そう言いながら、柳は日乃出の顔をじっと見てたずねた。

「もしや、橘屋さんのお嬢さんでいらっしゃいますか？」

「今は、浜風屋で働いています」

日乃出は答えた。

「そうよ、今、気がついた？　日本橋の老舗和菓子屋の橘屋の一人娘で、善次郎と百両をかけて争ったのはこの子よ」

純也が口をはさんだ。

「そうですか。橘屋さんの……。知らぬこととはいえ、失礼をいたしました」

柳は頭を下げた。

「お客様の内情にかかわることですので、これから話すことは他言無用でございます」

そう断って話し出した。

「お気の毒なことですが、深川松様は昨年、火事を出されて、その折、雇人《やといびと》に金品を持ち去られました」

「火事？　もらい火ですか？」

日乃出は思わず聞き返した。きちんとした店ならばどこでも火の始末は厳重にしている。自分の所から火を出すなど、まず考えられないことだ。

「もらい火ではありません。裏の物置からの出火です。付け火だと噂もありますが、それも分かりません。お客様も橘屋様の方ならお分かりでしょう。長く続いた店が傾く時は、いくつもの不幸が重なるものなのですよ」

柳は暗い目をした。

大得意だった将軍家や大名家はなくなった。代わりにやって来た新政府の役人の多くは薩摩や長州の出身で、長崎や京都で遊びを覚えた者が多い。

「最近では深川松様のような江戸料理の風流が分からない。値段が高いばかりで、少しもうまくないと怒る方もいらしたそうです」

幸右衛門はそうした客に腹を立て、頭ごなしに怒鳴って追い返した。客足は遠のき、とうとう一人の客も来ない日が続くようになった。

「お嬢様のお香《こう》様と婿様の清衛門《せいえもん》様は別の場所で店を再開したいそうですが、幸右衛門様はいやだとおっしゃる。気に入らない客に頭を下げてまで店を続けていくつもりはない。きれいさっぱり、けりをつけたいと」

日乃出が頼まれたのは、そんな深川松の最後を飾る菓子だったのか。

「そうでございますよ。だから橘屋様なのです。橘屋様でなくてはならないのです。幸右衛門様は横浜で最後の夢を見るおつもりです」

日乃出は幸右衛門の長い顔や細い目、意地の悪そうなにやにや笑いを思い出していた。豪華な器に囲まれて景気のいい話をしていた男は、そんな事情を抱えていたのか。

柳は薄く微笑んだ。

「あれで案外、かわいい所がある方ですよ。どうぞ、これぞ江戸風という引き菓子のご用意をお願いいたします」

「はい」

日乃出は小さく頭を下げた。

「ところで」

柳は急に商人の顔になって言った。

「深川松様から普段遣いにちょうどいい器をいくつかお預かりしております。普段遣いといっても、深川松様のものでございますから趣味のよい、上等のものでございますよ。ある料亭で引き取りたいとおっしゃっていますが、今なら、まだ私の手元にございます。ご覧になりますか？」

日乃出が断るより早く、純也が「ぜひお願いします」と答えた。

「せっかくでございますものね。目の極楽ですよ」

柳は奥からいくつか皿と鉢を持って来た。どれも菓子器にちょうどいい大きさである。

「すてきねぇ」

純也は目を輝かせた。

「これにお饅頭載せたら、映えるでしょうねぇ。羊羹でもいいかしら」

「さすがにお目が高いですねぇ」

柳はさらに奥からいくつかの皿を運ばせた。

「まぁ、きれい」

純也は青磁の小皿を手にしたまま固まってしまった。手の平に乗るほどの大きさで、夏のはじめの海のような淡い水色をしていた。

「もう帰らないと」

日乃出が袖を引いても、目は皿から動かない。

「骨董というものは、一期一会。この次ということが、ないのですよ。これは、はぐれ者で一枚だけしかございません。ですから、お値段の方は勉強させていただきます」

値段は高かった。だが、純也のへそくりで買えない額ではない。

「明日、もう一度、来てもいいかしら」

「いや。料亭の方には今夕お持ちする約束でございますから」

そんなやり取りがあって、結局、純也はその青磁の小皿を買ったのである。

店を出るとまだ日差しが明るかった。春の空にきれぎれの白い雲が浮かんでいる。

「ふふ」

懐に大事にしまった皿を時々なでながら、純也はご機嫌である。

「柳ってあの人、本当に商売上手だね」

日乃出は言った。

「そうかしら」

「そうだよ」

一枚しかない、今、この時を逃せばめぐり合えないと言う。明日もう一度来たいと迷いを見せれば、今晩売れてしまうかもしれないと迫る。

「でも、買ったあたしが満足なんだから、それでいいじゃないの」

「そうだね」

日乃出は納得した。

骨董品というのは元来そういうものなのだろう。

無くて困るものではない。値段もそれなりにする。それを買わせるのだ。口八丁手八丁でなければやっていかれない。


浜風屋に戻ると勝次が待っていた。

「二人とも遅かったじゃないか。万国新聞社では何かわかったか？　こっちは美浜堂さんでいろいろ聞いて来た。あの五郎って職人は美浜堂さんにも来たそうだ」

紹介もなくいきなり訪ねて来て、雇ってほしいと言ったという。確かに腕は悪くなさそうだが、自信満々なのが気にかかる。美浜堂には美浜堂の気風があり、仕事の進め方がある。古参の職人達をたてて、うまくなじんでもらえるかどうかも大事な所だ。いろいろ考えて、結局断ったという。

「あちこちの店を回って結局、白柏屋に腰を落ち着けたというのが本当の所らしいな。なんにしろ変わった男だ」

勝次が言った。

「天地がひっくり返った世の中だからね。いろんな人が来るわよ」

純也が柳葉洞で聞いた話を伝えると、勝次は複雑な表情になった。

「深川松はそんなに切羽詰まっているのか」

江戸で三本の指に入るといわれた名料亭が、店を閉めようかというほど困窮する。何年か前には、そんなことが起こると誰が想像しただろうか。

橘屋だって終わる日が来るとは思っていなかった。

父が旅先の白河の関で死んだという報せが入ったのが、暮れの二十日。二月には店も住まいも、道具類すべてが谷善次郎のものとなり、明け渡すこととなった。

地面に深く根を張り、太い枝を四方にのばした大木が倒れることを、想像することは難しい。だが、予想しようがしまいが起こる時には起こるのだ。

橘屋の枝が揺れ、葉が落ち、土が舞った。太い根がむきだしになれば、地面の下に隠れていた様々な事柄が白日の下にさらされる。背を向ける者、去って行く者、逃げて行く者。欲深な目で近づいて来る者もいた。

日乃出は自分の物は何一つ惜しくはなかったけれど、たった一つ、店に伝わる掛け軸だけは失ってはいけないと思った。初代であるひいおじいさんが、越後の寺の住職からもらい、おじいさんもおとっつぁんも大切にしていた物。橘屋の魂ともいえる掛け軸だ。

今でも、時々、掛け軸を取り戻すために叔父の家を抜け出した時の夢を見る。日乃出は真っ暗な夜空の下をひたすら走っている。吐く息の激しさに目覚めると、固くこぶしを握っている。あまりに強く握りしめていたので、しばらくこぶしを開くことが出来なかった。ようやく開いた手の平には、爪の痕がついていた。

深川松の将軍家拝領の屏風とは、日乃出にとっての掛け軸のようなものではあるまいか。

祖父や父から伝えられ、次の世代に伝えて行くもの。自分が自分であることの証。深川松の命。かけがえのない、大切なもの。

日乃出はいたたまれない気持ちになった。

「ちょっと本陣宿に行って来る」

浜風屋を飛び出した。

雑木林を抜けて本陣宿の前につくと、女将が女中も従えず、一人で水をまいていた。

「こんなことまで、なさるのですか？」

日乃出がびっくりしてたずねた。

「そりゃあ、そうですよ。参勤交代がなくなれば本陣宿も必要がなくなります。鉄道が通れば横浜で一泊しなくてもご用が足ります。最近は西洋風のホテルが人気で、私どものような昔ながらの宿は古臭いとおっしゃる方も多くなりました」

お客が減って何人もの使用人に暇を出した。これからは出来ることはなんでも自分ですることにしたという。

「じつはある方から、深川松様の還暦の祝いというのは口実で、お道具類を売られるのだとうかがいました。その中には大切な拝領の屏風も入っているそうです。それを聞いたら、なんだか、急に心配になりました」

日乃出の言葉に女将は首を傾げた。

「橘屋には代々伝わる掛け軸がありました。それは橘屋の魂ともいうべきもので、父も祖父もその掛け軸を大事にしていました。大事なことを決めるときは、その掛け軸の前に長い時間座っていました。深川松さんにとっては、拝領の屏風はそういうものだと思うのです。身を裂かれるような気持ちではないでしょうか」

女将は静かにうなずいた。

「昔からのご商売の方には厳しい時代です。私には、深川松様のお気持ちがよく分かります。お客様がいらっしゃる時はとてもお元気そうで、大きな声でおしゃべりされますが、お一人になられるとひっそりとお部屋に閉じこもっておられます。あんまりお静かなので心配して、お茶などを持って伺いますと座敷の真ん中で器を手に取ってじいっとながめていらっしゃる。お背中が寂しそうで、思わずこちらも声をかけるのをためらうほどです。別れを惜しんでいらっしゃるのではないでしょうか。お気の毒だと思います」

幸右衛門に来訪を告げてもらおうか日乃出が迷っていると、幸右衛門が庭木戸から姿を現した。

「橘屋か。ちょうどいい所に来た。茶を点じてやる。客になれ。茶の心得はあるんだろう」

茶室に行くと、炭の用意も出来て湯がたぎっており、脇には黒い茶碗が用意されていた。

日乃出が座ると、幸右衛門は立ち上がり「お前さんには、こっちがいいだろう」と白い茶碗を出してきた。乳白色のなめらかな肌に赤や黄の色とりどりの花が繊細な筆致で描かれている。

「薩摩焼だ。白薩摩。若い娘の手にはこういう茶碗がよく映える」

日乃出は自分の手をそっと見た。水仕事で指先は荒れ、節も太くなった。橘屋にいた頃のお嬢さんの手ではない。働く人の手である。

「恥ずかしがらなくていい。きれいな手だ。橘屋を閉じて一年か。お前さんは自分で自分の道を切り拓いて来た。どんな思いで毎日を過ごして来たか、その手が語っている」

幸右衛門は静かに茶を点てた。よどみのない所作《しょさ》は美しく、幸右衛門がすぐれた茶人であることがうかがわれた。

茶碗のさえざえとした白さが抹茶の色をいっそう鮮やかに見せた。

「将軍家拝領の屏風を売られるのですか?」

日乃出はたずねた。

「あんなもの」と幸右衛門は言った。

「場所を取るだけでたいしたことはない。欲しがる奴がいれば売ればいい。売って金に換えた方がいいんだ」

「でも、幸右衛門様。あの屛風は深川松の命のようなものではないのですか？　幸右衛門様には深川松という料亭を次の世に伝える任があるのでしょう」

「ないよ。そんなもの」

幸右衛門はぶっきらぼうに答えた。淋しげな声だった。

「あれはただの屛風だ」

静かな、だがきっぱりとした言い方だった。

「お前さんは家に伝わる掛け軸を取り戻すため、善次郎と勝負をした。掛け軸はそれだけの重みをもった物だったんだろう。だが、わしにはあの屛風がそれほどの意味を持つとは思えない。あれは、人からもらったただの屛風だ」

繰り返した。

「わしには娘が一人いる。お香という。お香と婿はどこか別の場所で、小さな店を出したいそうだ。そのためには、あの屛風がいるという。つまらんことだ」

幸右衛門は遠くを見る目になった。

「もともと深川松は上客を相手にする店だった。なお一層、それを推し進めたのはわしだ。玉川上水でくんだ水、房総の朝掘りのたけのこ、早飛脚で取り寄せたかつお。他人より五日か十日早く食べるために、客達は法外な値を払う。そしてそのことを喜んだ。職人一家が半年暮らせるほどの金を、たった一杯の茶漬けのために費えることを自慢にした。そうすることで、自分達は特別な人間だと思うことが出来たからだ。深川松に行けば、最高のもてなしが待っている。わしが目指したのはそういう店だ」

立派な構えの大きな店で客も選りすぐりの者ばかり、料理もとびっきりなら値段もべらぼう。それが深川松だ。普通の客が来て普通の料理を出すのなら、それはもう深川松ではない。

「客が深川松を選ぶのではない。深川松が客を選ぶ。最後まで、そういう店でありたいということですか?」

日乃出がたずねた。

「その言葉は、わしが言い出した。だが時代は変わった。今の客達は深川松の料理に満足しない。野暮ったいとまで言う。なにも分かっていないくせに。上方の料理屋に吹き込まれたことを、まるで自分の考えのように言う。あいつらに江戸の粋の何が分かる。掛け軸の見方一つ分からないくせに」

幸右衛門は強い調子で言った。

「上方とは気候が違う、水も空の色も、獲れる魚も野菜も違う。住んでいる人だって違うんだ。江戸の町っていうのはね、三百年前は葦がしげる湿原だったんだ。その水を抜いて、城を立て、商人や職人を呼んで町にしたのは徳川様だ。武士が作った町だ。だから、どこからどこまでも武士好みなんだよ。真ん中に将軍がいて、武士がいて、職人やら商人がいて、そうやって出来たんだ。神田の祭りも、両国の花火も、亀戸天神の藤の花も、みんな粋でいなせでかっこいいじゃねぇか。江戸の料理はしょっぱくて、口に合わない？　何を言っているんだ。料理っていうのは、人の暮らしから生まれるもんだ。料理が口に合わないってことは、江戸の三百年を認めねぇってことと同じなんだ。江戸から東京に変わったってことは、もう江戸はいらないのか。じゃあ、何かい。あいつらは、江戸の町を土に埋めて、その上に東京っていう新しい町を作るつもりなのか」

幸右衛門は大きなため息をつき、手の中の黒い茶碗を眺めた。

「その昔、わしの先祖は武士だった。代々武田家に仕え、いくつもの戦を戦った。その武田家が滅んで、行く末を案じていたわしらに徳川様は手を差しのべてくれた。関ヶ原で戦い、その恩賞として多摩に土地をもらったのだ。だからこうして、今も命をつなぐことが出来た。その後、わしらは刀を捨てた。土を耕して生きて来た。だが、わしらの体には武士の血が流れている。徳川様への御恩は忘れない。親から子へ、孫へと代々言い伝えた。初代は深川松を始めた時に、これからは料理で徳川様にお仕えすると誓ったそうだ。今は、忠とか義とかいうやつは、流行らない。これからは、西洋式の考え方に切り替わるそうだ。三百年も、ずっと徳川様への御恩なんてものを後生大事に守って来たわしらは、やっぱり時代遅れなんだろうか」

日乃出は幸右衛門の悲しげな表情をながめた。

「だから、もう屏風は必要ないということですか？」

「ああ。肝心の徳川様がなくなってしまったからな。料理で徳川様にお仕えするというわし達の役目も終わった。わし達にはただの飾り。不要のものだ」

茶室には湯のたぎる音だけが響いた。

「だけど、わしには分からないのだよ。忠とか義とか信がなくなったら、人は何を心の真ん中においたらいいんだ？　千年ほど前に清和源氏から武士の世の中が始まって、わしらはずっと忠義信を大切にしてきた。これからは、どうすればいい。心の真ん中に置くものも、西洋から借りればいいのか？　そうはいかんだろう。心の問題は、陸蒸気《おかじょうき》や大砲とは違うんだ。忠とか義とか信ってもんはさ、何百年もかけてたくさんの人の血が流れて、それでやっぱりこれしかないってことでまとまったんだ。はい、どうぞ、これが西洋式の新しいものですなんていうのは、まがいもんさ。あんたは、そう思わないか？」

幸右衛門の表情は暗く、一気に年をとったように見えた。自分に言い聞かせるように、ただの屏風と何度も繰り返した。しばらくして日乃出は茶室を辞した。

女将に挨拶をして帰ろうとしていると、庭木戸から入って行く男女の姿が見えた。

「うるさい」と幸右衛門の怒鳴り声がした。

続いて女の声。

「お父さん。少しは私達の話も聞いてくださいよ。そう頭ごなしに怒っていては話にもなにもなりゃしない」

「お前達の言いたいことは分かっている」

「そりゃあ、昔のままって訳にはいきませんよ。店も狭くなるし、職人の数だってぎりぎりです。だけど、それだって名前が残るんですから」

今度は男の声だった。

「お父さんは結局、見栄っ張りなの。あの深川松が落ちぶれて、あんなちっぽけな店になったって人から言われるのが嫌なのよ。かっこ悪いの、恥ずかしいのって自分のことばかりじゃない。なんでもかんでも売っちゃって、そりゃあお父さんはいいわよ。だけど、私達はこれからどうやって食べていけばいいの。屛風だって売ってしまったら、どこに流れて行くか分からない。買い戻すことは出来ないのよ」

女将が小声で言った。

「あちらが、深川松の娘夫婦。お香さんと婿の清衛門さん」

日乃出はそのまま立ち去った。

夕方、日乃出が届け物に吉田橋まで行くと、茶店にさきほどの二人連れが座っていた。

幸右衛門の前にいた時は威勢よく大きな声を出していたお香が、背中を丸めてうつむいている。清衛門がしきりと慰めている。

お香はやわらかそうな絹の着物を着ていた。帯も草履も、小さな持ち物に至るまで老舗の料理屋の若女将らしい上等のものだった。

「あの、すみません」

日乃出は思わず知らず、二人に声をかけていた。お香が不審そうに眼をあげた。

「浜風屋という菓子屋のものです。私は、今はなくなりましたが日本橋の橘屋という菓子屋の娘です。幸右衛門様からこのたびの会の引き菓子のご依頼をいただいております」

「まぁ。そうですか。それはよろしく」

清衛門が小さく頭を下げた。

「何か、私に出来ることがあれば……」

お香が小さく首を傾げた。

「屛風のことです。幸右衛門様は将軍家拝領の屛風を売りたいとおっしゃっています。でも、売ってしまったら……」

「お心遣い痛み入ります。でも、これは内々のことでございますから」

清衛門が静かな、けれどきっぱりとした調子で応えた。

「分かっております。出過ぎたことかと思います。でも、私の家も三代続いた日本橋の店を閉じましたから、お二人のお気持ちが痛いほどよく分かるんです。ですから……」

「いえ、ご心配には及びません。私どものことはお気になさらず、どうぞ、そちら様のよいようにお菓子を作ってくださいませ」

お香は背を向けた。もう何も言うな、この件にはかかわるな。そう背中が語っている。

「余計なことを申しました。申し訳ありません」

日乃出は頭を下げた。

出過ぎたことをした自分が恥ずかしい。これは深川松の家族のことなのだ。

思わず駆け出して運河の所まで来た。小さな木の橋がかかっている。欄干《らんかん》に寄りかかって水面をながめた。

よどんだ水に木の葉が浮かんでいた。

茶室で日乃出は幸右衛門にたずねた。

「本当に、全部手離すつもりなんですね」

「何度も同じことを聞くな」

「お嬢様達は反対しているのではないのですか？」

「だから何だ。娘達は売った金を元手に身の丈にあった小さな商いをすればいいのだ。江戸川杉でも、玉川竹でも名乗ればいい。深川松はもうなくなったのだ」

さらに日乃出は食い下がった。

「屏風を売ってしまって、後悔はしませんか？」

「店が焼けたんだよ。ここにある道具類の何倍も灰になった。これ以上、どんな無念があるんだ。今さら後悔なんてしないよ」

口ではそう言いながら、幸右衛門の目はぬれていた。日乃出から目をそらし、顔を伏せたが、たしかに泣いていた。

幸右衛門という男は嘘がへただ。悔しくて悲しくて、昔を思う気持ちがいっぱいで、それを知られないようにと虚勢を張る。

八橋。

ふいに、純也と話した伊勢物語の光景が浮かんで来た。

都から遠く離れて、思いがけず美しい所に来た。春のことで、川辺にはかきつばたがたくさん咲いていて、花をながめるように橋が架けられている。

もう戻ることもない都の様子ばかり思い出される。

日乃出も、日本橋から横浜まで旅をして来たから分かる。二日ほどの短い旅だったが、歩くほどに景色はどんどん淋しくなって来る。どこまでも続く埃っぽい田舎道、岩だらけの海岸、空っ風の吹く枯れ野原。森を抜けると、また森で、小さな集落があると思うと、それもすぐに通り過ぎてしまう。足は痛く、荷物は重い。都はどんどん遠くなる。心の中にある都の風景はますます明るく、美しく輝いていく。

かきつばたの咲く八橋は、都の風景にも匹敵する美しい所だったのだろうか。

伊勢物語に登場する男達は泣く。

声をあげ、滂沱《ぼうだ》の涙を流し、泣きくれる。

だが、泣くだけ泣くと、都への思いはたたんで胸の奥にしまい、また旅を続ける。女々しくて、情けない男達だと思っていたが、気持ちを整理するためには泣くことも必要だったのかもしれない。

男達にとって八橋こそが本当の旅のはじまり。旅立ちの物語なのではあるまいか。

日乃出の心に一つの菓子の姿が浮かんだ。

約束の日が来た。幸右衛門の還暦の祝い、その実際は道具類を売りさばく日である。勝次、純也、日乃出の三人が菓子を用意して本陣宿に行くと、すでにたくさんのお客が広間に集まっていた。善次郎の姿も見えた。

絹や茶などの貿易、金融など手広く商いをして、今や横浜一、いや、それ以上の金持ちといわれているのが谷善次郎である。年は五十のはじめか。小紋の三つ重ねに黒紋付の羽織を着た善次郎は役者絵から抜け出て来たような美しい顔をしていた。その顔に似合わない大きな耳が左右に飛び出している。耳たぶが綿でも詰めたようにふくらんでいる福耳だ。

今太閤とも、追いはぎ善次郎とも呼ばれる男だが、谷梢月という号を持つ茶人としても知られ、数々の名品を集めているという。

柳葉洞が皿や掛け軸を取り出し、手代がお客達に見せて回る。気にいった者は手をあげて値段を言う。高い値がつくと、どよめきがうまれる。すでに善次郎はいくつもの道具類を競り落としているらしい。

別室に昼食の用意が出来たと女中が声をかけ、中入りとなった。

上座に席が設けてある。ただし、そこには誰も座らない。本膳料理を並べるための席である。幸右衛門はあたかも、正客がいるかのように挨拶をし、招かれたお客も正客に向かい合うよう座った。

日乃出達は座敷の端に座ってその様子を眺めていた。

女中が上座に膳を運んで来た。

一の膳は煮物となます、汁に香の物。二の膳は刺身で横浜の海にあがったばかりの新鮮なさよりやえびが溢れんばかりに盛られている。三の膳は硯蓋《すずりぶた》と呼ばれるあなごの巻き物や二色玉子に深川松名物の真薯の椀種の入ったすまし汁。

これでもかというほどの量と皿数の料理が運ばれて来る。

伝え聞く、深川松の本膳料理とはこれほどに豪華なものなのか。日乃出は目が離せなくなった。

お客達の膳にも料理や酒が運ばれて来た。皿数こそ少ないが、板前が腕によりをかけた料理である。

だが、お客の興味は器の方である。手に入れるに値する品物か、ならば、いくらに値をつけるのか。

ある者は、屛風の前に並べられた本膳料理の大皿を食い入るようにながめている。ある者は刺身を放り込むように口に入れるや、皿をひっくり返して高台の銘を調べはじめた。

一番だしの香りとともに、深川松自慢の鯛の真薯の椀が運ばれて来た。赤漆の塗り椀にほんのり紅色を差したような白い真薯が浮かんでいる。露治が半日かけて仕上げた物だろうか。けれど、お客達はろくに眺めもせずに口に押し込み、汁を飲みほし、椀の品定めをしている。

善次郎だけが一人、ゆっくりと料理を楽しんでいた。

「深川松。さすがにこの椀はみごとである。今日、来た甲斐があった」

そう、声をかけた時、淡々とした表情で座敷に座っていた幸右衛門が、わずかに頰をゆるませた。今日が深川松最後の料理となる。それをきちんと味わう人がいてよかったと日乃出は思った。

たとえその相手が善次郎であったとしても。

はじめて善次郎と向かい合った日、日乃出はいいようのない恐ろしさを感じた。瞳の奥底に鬼火のような暗い炎が燃えていた。

だが、今の善次郎からそうした恐ろしさは伝わってこない。

美味なるものを愛する通人の顔をしている。

大方の料理が出終わった頃、「おや、日乃出さん、こちらでしたか」と言って、白柏屋の己之吉が隣に来て座った。

「今日は、浜風屋さんの菓子を楽しみに参りましたんでございますよ」

己之吉がやせたしわの多い顔に愛想笑いを浮かべ、すいかの種のような黒い小さな目で日乃出の顔をのぞきこんだ。

「白柏屋さんの菓子こそ、見事なんでござんしょうねぇ。腕のいい職人さんばかりだそうですから」

純也が気取った様子で返した。

「ありがとうございます。今回は、橘屋自慢の色かさねも鳳凰羹も作りましたからねぇ。手前で申しますのもなんですが、なかなかの見物《みもの》なんでございますよ」

よほどの自信があるのだろう。余裕たっぷりの顔つきである。

女中が菓子合わせの時間ですので、そろそろご用意をと呼びに来た。

柳葉洞が挨拶した。

「さぁ、みなさま、ここで一つ、趣向がございます。ご紹介いたしますのは、ともに横浜の菓子屋の名店、白柏屋と浜風屋でございます。日本橋の菓子屋、大掾橘屋は惜しまれつつ昨年店を閉じましたが、ゆかりの店が今、横浜に二店ございます。二つの店にそれぞれ引き菓子を作らせました。どちらが、まこと、橘屋の流れをくむと名乗るにふさわしいか、目利きでおられます皆様に決めていただきたいと存じます。ご希望の菓子をお持ち帰りいただきます」

正面には浜風屋と白柏屋と書いた箱が並べられ、客達には一片の紙が配られた。橘屋の名にふさわしいと思った方の箱に紙を入れるという趣向である。

まず白柏屋の已之吉が進み出た。

「長年培ってまいりました橘屋の技を途切れさせてはならないと、集まりましたのが白柏屋でございます。私は長年、橘屋の番頭を務めさせていただきました已之吉と申しますが、このほかに橘屋の職人が多数おります。その技を十二分に楽しんでいただきたいと創製しましたのが、今回の菓子でございます」

三方にのせて一つ目の菓子が運ばれて来た。

最初は青色を幾重にも重ねて海を描いた羊羹である。沖の方は濃紺で、手前に来るにしたがって水色に変わり、白い波がくだけ散っている。

羊羹でこのようにさまざまな色を重ねるのは至難の業で、少しでも菓子について知っている者なら、どのような仕掛けなのかと不思議に思うはずだ。案の定、客達から感嘆のため息がもれた。

たちまち已之吉は得意の顔になった。勝ちを確信したのか、口元がゆるんでいる。

次の菓子は餡を台にして表面に黒船を精緻に描いたものだった。船首の飾り、マストの一本一本まで見事に再現されている。

その次は西洋人形である。頭部は砂糖で作り、白い肌に青い目、ふっくらとした頬や唇が本物の少女のような表情を見せている。ひだのある赤いスカートや白いレースの襟飾りは煉り切りか？　敵ながら見事なものだと日乃出は感心した。

三つ並ぶと、豪華さはさらに増した。

題材は日乃出達が最初に考えたものと同じだが、技術と手間のかけ方が全く違う。

勝次は勝負のことを忘れて身を乗り出して眺めていた。勉強熱心な勝次のことだ。相手が白柏屋でなかったら、すぐさま教えを乞いに行きたい所だろう。

「いやいや、日乃出さん。懐かしいでしょう。これが橘屋の技ですよ」

己之吉はわざわざ日乃出の傍によって来てそう言った。

「では、これより、浜風屋の菓子に移ります」

柳葉洞の言葉に促され、日乃出が前に進み出た。

「橘屋では菓銘を大切にしろといわれてまいりました。菓子に込められた思いを表すのが菓銘です。時には、菓子に物語をまとわせることもございます。菓銘と物語の世界が響き合い、より一層味わいが深くなるかと存じます。今回、私どもは小さな仕掛けをいたしました。絵草紙を開くように、風雅な物語を楽しんでいただければ幸いです」

純也が三方を捧げ持って登場した。

三方の上には薄紫の四角い菓子が載っている。菓子の表面には砂糖で作った白い板状のものが八つ、菓子を横切るように斜めに並んでいる。

「菓子はこれだけか？」

一人のお客がたずねた。

「はい。左様でございます」

日乃出は答えた。

「私どもは三個、浜風屋さんは一個。この四角い菓子一つで、三つ分の技を見せていただける、そういうことでございますね。これはすばらしい」

己之吉が言った。

「皆様、どうぞ前の方にいらしてくださいませ」

お客達は菓子の周りに集まって来た。

勝次が包丁を取り出した。板前が使うような刃先の長い、薄い包丁である。すぱりと真ん中に包丁を入れて菓子を二つに分けた。

断面には鮮やかな若草色と紫色の筋が重なりあっている。よく見れば紫の部分は中心に白と黄の細い筋を抱いている。

「ほう。これは、謎かけか？」

骨董好きのお客は物知りでもある。器の高台を見て製作年代を予想したり、屏風絵の筆跡を見て真贋を占ったりということを始終している。それが楽しくて仕方がないという者も多い。謎があると、解きたくなるのが習いなのだ。

「今の季節に若草色といえば、若葉であるな」

「ならば、紫色にはどんな意味がある」

勝次はもう一度、包丁を入れて、断面を見せた。下半分は水色で、上半分は若草色。その間に紫のひし形が飛んでいる。紫の中心には白と黄の筋。

「分かったぞ」

一人のお客が膝を打った。

「私も分かった。なるほど風雅な企みだ」

別のお客がうれしそうな声をあげた。

「そうか。かきつばた。伊勢物語か」

笑いがさざ波のように広がった。あるものは自分が持っている八橋の絵柄の硯箱について語り、あるものは六歌仙の屏風を自慢する。先ほどまで一枚の皿をめぐって張り合い、お互いの腹を探り合っていた客達が心を開き、すっかりなごんでいる。

「何が、八橋だ。ただ、色をつけた餡を重ねただけではないか。これは菓子の技でもなんでもない」

己之吉が歯ぎしりして悔しがるが、お客達は次々と浜風屋の箱に手にした紙を入れていく。

「若い頃は写実を重んじ、細密な絵を描いた絵師が、晩年には枯淡《こたん》の境地に至ることはよくある。この菓子は、己の技を敢えて隠すことで味わいを深くしている」

最初にかきつばたに気づいたお客に言われては、己之吉も返す言葉がない。

「では、菓子の結果は後ほどに。さぁ、皆様。いよいよ、将軍家拝領の屏風をお見せいたしましょう」

柳葉洞が言うと、菓子が下げられ、将軍家拝領の屏風が運び込まれた。手代がゆっくりと屏風を開くと、客達の間からどよめきが生まれた。

六曲一双《ろっきょくいっそう》の屏風で各扇に四季折々の風景とともに鷹が描かれている。あるものは今まさに飛び立とうとし、あるものは獲物を見つめ、あるものはゆったりと羽繕いをしている。今にも飛び出して来るのではないかと思うほどのみごとな鷹だった。

さすがに深川松である。

この屏風に一体、いくらの値がつくのだろう。

その時、奥の襖がそっと開いて、清衛門とお香の二人が入って来た。お香は思いつめたような目をしている。

幸右衛門はそんなお香の様子を悲しそうに見つめた。

橘屋の掛け軸を取り戻したいと一途に思っていた時の日乃出も、きっとああいう目をしていたことだろう。

掛け軸を取り戻すためならば、何を引き換えにしてもいいと思っていた。掛け軸を他人の手に渡してはならない。そのことだけで頭がいっぱいで、ほかのことが考えられなくなっていた。

だが、今は少し違う。

日乃出は掛け軸を取り戻し、そして手放した。もっと大切なものを守るために。手放して分かったことがある。

所詮は品物なのだ。どんなに大切にしていても、失われることがある。形あるものは消えるのが理だ。手元に残ろうが、消えようが同じこと。日乃出は橘屋の娘であることは変わらない。橘屋の命は掛け軸にあるのではなく、自分の胸の内にある。そう思えるようになっていた。

「深川松は屏風を手放す気があるのか」

善次郎が静かな声でたずねた。

「はい。もちろんでございます」

「それでよいのか。本当に構わないのか」

お香が悲鳴のような声をあげた。座敷の中央に進み出ると、両手をついた。

「お待ちくださいませ。私は深川松の若女将でございます。その屏風は深川松に代々伝わるもの。私どもにとっては命のようなものでございます」

幸右衛門が顔をあげて一喝した。

「ばかな。屏風が命になるか。天下一の店に飾るから、将軍家拝領の屏風に価値があるのだ。ただの座敷において何の意味がある」

「ですが」

「もう、決めたのだ。深川松は店を閉じる」

幸右衛門はお客の方に向き直って言った。

「私どもの先祖は武田家の家来でございました。家康《いえやす》様のお慈悲をいただき、多摩に土地を拝領しました。徳川様のご恩に報いることを家訓としてまいりました。徳川様の時代は終わり、私どもの役割もなくなりました。深川松は本日をもって店じまい。この屏風は、長く大切にしていただく方のお手元にお譲りしとうございます」

「ならば、私がその屏風を所望する。値、百両」

一人のお客が声をあげた。

「こちらは二百両」

次々と手があがる。値はどんどん吊り上がり、とうとう千両の声がかかった。

「千百両。いかがですか」

柳葉洞が見回す。

「千五百両」

善次郎が手をあげた。どよめきが起こった。さすがにもう手をあげるものはいない。

「では、将軍家拝領の屏風は谷善次郎様に」

屏風はあるべき所に落ち着いた。幸右衛門は唇を一文字に結び、深々と頭を下げた。お客達は立ち上がり、部屋を出て行く。お香は茫然とそれを見送った。

立ち上がり、部屋を出て行こうとする善次郎に、己之吉があわてたように声をかけた。

「ちょっとお待ちくださいませ。菓子の勝負は、どうなりましたのでしょうか」

「お前もあの場にいたのなら、どちらの菓子がより人の心を捉えたか、箱を開けてみなくても分かるだろうに」

善次郎が言った。

「ですが、菓子の技は白柏屋の方が上でございました。なぜ、あんな、ただ色を重ねたような菓子が面白いのです」

「白柏屋、お前はまだ分からないのか。この屛風に私がなぜ千五百両もの値をつけたと思う」

「それは鷹の絵がすばらしいからでございましょう」

己之吉はすいかの種のような黒い目で、部屋の隅に片付けられた屛風をちらりと見て言った。

「たしかにいい絵だ。それなりに名のある絵師の手によるものだろう。だが、それだけならせいぜい二百両という所だ」

「はぁ」

「残りの千三百両はなんの値だと思う」

「つまり将軍家ゆかりのものだからでございますか」

「違う。深川松のものだからだ」

幸右衛門がはっとしたように顔をあげた。清衛門とお香の目が大きく開かれた。

「それは、どういうことでしょうかねぇ」

己之吉は気の抜けた返事をした。

「かつて江戸に深川松という料理屋があった」

料理はもちろん、調度品や器に至るまで最高のものばかり。来る客は将軍、大名、豪商に学者など。その店に上がることが一流の証となる。今までもなかったし、これからも出てこない。江戸という太平の世が産んだ奇跡のような店。

深川松の奥座敷で、一国の将来を左右する話し合いがされたことだろう。絵画や文学の世界で後世に伝わる名作が生まれるきっかけとなったかもしれない。深川松という店で人は出会い、心を開いて語り合い、時に激しく戦った。

「その栄華を伝えるのが、この屏風だ。この屏風には深川松という舞台で演じられた全ての物語が感じられる。私はその物語に千三百両の値をつけた。白柏屋の今日の菓子は、たしかによく出来ている。技はすばらしい。だが、物語がない。技だけだ」

善次郎は厳しい表情を見せた。

「技に頼り過ぎた。残念だったな。だが、今回だけだ。二度目はない。この失敗はかならず挽回しろ」

その言葉を聞くと、己之吉の顔は青ざめ、体が震え出した。

日乃出達が帰り支度をして裏口から出て来ると、清衛門とお香が待っていた。

「いつぞやは失礼なことを申しました」

二人はていねいに頭を下げた。

「先ほど父に、浜風屋様の菓子を渡されて、この意味が分かるかと、聞かれました。この菓子は勝負に勝つためじゃない。私達親子のために作られたものだぞと言われました」

清衛門が言った。

「そうですか。そう思われると、少し面《おも》はゆいです。私達に出来ることを考えた結果、あの形になりましたから」

勝次が答えた。清衛門は首をふった。

「私は深川松の娘婿です。初代から連綿と続いた深川松の歴史をつなぎ、次の代に引き継ぐのが私の仕事と思っておりました。ですから、なんとしても店を続けたい。それだけを思っていました。ですから、店を閉じたいという義父の言葉を聞いても、またいつもの気まぐれだ、わがままだと耳を傾けませんでした。火事にあって店を閉じている間に、拝領の屏風から道具一切を持って横浜に行ったと聞いた時には心底驚きました。はじめて義父が本気だったと気づいたのです」

お香が続けた。

「あの通りの人ですから、親子でも向かい合って話し合うことはほとんどありません。ですから、なぜ父が店を閉じようとするのか、その気持ちが分かりませんでした。この話になると、お互い自分の主張をぶつけあい、いつも最後は喧嘩になってしまうのです。おかげさまで、今日は父の気持ちがよく分かりました。深川松を閉めることに異存はございません。幸い、まとまった金額になりましたので、これからのこと、二人でよく考えてまいりたいと思います。私達もようやく八橋に至りました。いつまでも都を懐かしがって泣いている訳にはまいりません。昔に戻る道がないのなら、橋を渡って先をめざします」

「幸右衛門さんは、どうするのでしょうか」

日乃出がたずねた。

「父はしばらく旅に出たいそうです。俳諧などもたしなんでおりましたから、あちこちに知り合いもおります。そうした方々をたずねるのではありますまいか。ちょうど季節もよいですから。こんな風に親子の気持ちが一つになれたのは、浜風屋さんの菓子のおかげです。ありがとうございました」

お香はすがすがしい笑顔を見せた。日乃出はほっとして笑顔を返した。

「父は菓子は人を支えるといつも言っておりました。菓子を食べると、人はやさしい気持ちになります。固くとがった気持ちをほぐしてくれます。菓子だからこそ出来ることがあると思っています」

清衛門はうなずいた。

「日乃出さんは橘屋さんのお嬢さんなのですね。橘屋さんの店はなくなっても、橘屋さんの心というものはちゃんと伝わっている。私達も深川松の気持ちを忘れずに子供達に伝えていきたいと思います」

浜風屋の三人と清衛門、お香の間を花の香りを含んだ穏やかな風が吹き抜けていった。春の日が静かに暮れようとしている。

都橋のあたりまで来ると、並び立つ二つの人影が見えた。幸右衛門と板前の露治だった。

「おう。橘屋か。さっきはありがとう。いろいろ世話になったな」

幸右衛門が上機嫌で言い、露治が頭を下げた。

「これから旅に出られるんですか？」

日乃出がたずねた。

「うん。そうしようと思っている。考えてみたら、今までゆっくり旅をしたことなどなかった」

そう言って、いつもの意地の悪い顔になった。

「しかし、あの菓子は題材が伊勢物語というのが気に入らんな。江戸風なら、おくのほそ道だろう。鳥啼き魚の目は泪《なみだ》だ」

「それじゃあ、千住《せんじゅ》になっちゃうわ。北に行ってどうするのよ。横浜は東海道だもの。伊勢物語でいいのよ」

純也が負けじと口をとがらせた。まぁまぁと勝次がなだめた。

「旦那様が憎まれ口をきく時は、うれしい時なんですよ」

露治が言った。

「さて、わしらもそろそろ旅立つか。いつかまた、浜風屋の菓子をみせてもらいに来るよ。その時、あんた達がどんな菓子を作っているのか楽しみだ。それまで店じまいなんか、するなよ」

幸右衛門はそう言って歩き出した。

「しませんよ。絶対に。待ってるからね」

純也が笑いながら言って、後ろ姿に手をふった。

「とうとう最後に、浜風屋って言ったな」

勝次がつぶやいた。

江戸が終わって明治となり、新しい時代がやって来た。人の心が変われば、求める菓子もまた、変わって行く。橘屋から伝えられたものを大切にしつつ、時代が求める菓子を作って行きなさいと、幸右衛門は言いたかったのではないか。

いつか再び幸右衛門に会う日には、これが横浜の浜風屋の菓子だというものを見せたいと日乃出は思った。

二、空っぽの饅頭とは、これ如何に

試合に勝って勝負に負けるという言い方がある。

深川松での白柏屋との対決で、日乃出達は勝った。だが、利を得たのは白柏屋である。

日乃出が菓子を届けるため、関内にある白柏屋の店の近くまで行くと、人が集まっていて、大きな幟《のぼり》が立っていた。

「祝　白柏屋　本日発売。江戸老舗和菓子屋　橘屋ゆかりの本膳羊羹」

思わず駆け寄ってみると、深川松の勝負で白柏屋が出した、幾重にも色を重ねて海を描いた羊羹が並んでいた。売り物の方は、もう少し簡単に青の濃淡になっていたが、上に砂糖菓子の黒船やかもめを散らして、それなりに見ごたえのあるものになっている。

色かさねの技は白柏屋の職人にしか出来ない。それは認める。

だが、橘屋ゆかりの本膳羊羹とはどういう意味か。

あの幟の文字はなんだ。これではまるで、白柏屋こそが橘屋の本流と読めるではないか。

「さすがに橘屋の羊羹。みごとなものだ」

「横浜で橘屋の羊羹が食べられるとは思わなかった」

人々は口ぐちに羊羹を誉めそやし、買って行く。

日乃出の頭に血が上った。

視線を感じて振り向くと、店の脇に五郎がいた。あわてて隠れようとするのを追いかけ、袖をひっぱって店から少し離れたところに連れ出した。

「ちょっと、これはどういうこと？」

「どういうことって言われても……。私はまだ新入りですから、上の人の考えることは分かりません」

日乃出の剣幕に恐れをなしたのか、いつもの上方言葉ではなく、ていねいな関東言葉で返事をする。

「あれじゃあ、まるで白柏屋が勝ったようじゃないの」

「あれ？　そう見えますか？　それは日乃出さんが勝手に思うことで、どこにもそんなことは書いていないはずです」

くやしいが五郎の言うとおりだ。幟の言葉に嘘はない。

さまざまに色を重ねるのは橘屋の技で、その意味では橘屋ゆかりの羊羹である。「祝」の文字は羊羹発売にかかる訳で、深川松のことなどどこにも書いていない。

「すみません。まだ、仕事がありますんで。もう、よろしいでしょうか」

五郎はそそくさと去って行ってしまった。

深川松で善次郎は己之吉に向かって言った。

——この失敗はかならず挽回しろ。

それはつまり、こういうことだったのだ。

善次郎にとって、深川松の菓子比べの結果などどうでもよかったに違いない。問題は、どうそれを商いにつなげるかだ。

みんなに褒められて留飲を下げていた日乃出達のなんとおめでたいことか。

急ぎ浜風屋に帰ると、大家の三河屋の主人の定吉と一人娘のお光《みつ》が来ていた。

「おお、日乃出ちゃんか。いい所に帰って来た。今、白柏屋の話をしていたんだよ。お前さん、白柏屋の店を見たかい？」

定吉は持ち前のがらがらとした大きな声で言った。

「見ました。大きな幟が立っていてすごい人でした」

「羊羹は売れていたかい？」

「みんな次々買って行きました」

「そうだろう」

定吉は大きくうなずいた。

「悔しいよね。日乃出ちゃんもそう思っただろう」

「はい」

負けずに大きな声になった。

「俺もびっくりしたよ。やられたって思った。勝ったのはこっちなのにさ。それで、あんた達、どうするつもりなんだ」

「どうって、言いますと……」

勝次がたずねた。

「あんた達も、菓子を売るんだろう。深川松の勝負で勝った菓子だよ。なんなら、馬車道のうちの店先を貸してやるよ。そこで大々的に売ったらいいんだ」

「いや。あれは……。どうですか、売れますかねぇ……」

勝次が言った。

よく切れる包丁で、勝次が迷いなくすぱりと切ったからきれいな模様が出たのであって、素人が家にある包丁で切っても、なかなかあのようにはいかない。

それに茶人や骨董好きならともかく、普通の人が伊勢物語だ、かきつばただといって喜ぶだろうか。

日乃出は考え込んだ。

「純也はどう思うんだ」

定吉がたずねた。

「うーん。どうかしら」

しきりに自分の爪を磨いていた純也が全く関係のないことを言い出した。

「それより定吉さん。たぬきの方の心配をしてくださいよ」

「たぬき?」

「雑木林に住んでるんじゃないのかしら。裏の土地が掘り返されて、ごみが地面に散らばっているの。掃除するのがもう、大変。おかげで爪にゴミが入っちゃった」

「ああ」

定吉は大げさな身振りで天を仰いだ。

「だから、あんた達はのんきだって言われるんだ。こういう時に、おっとりしてちゃだめなんだよ。まったく、何にも分かっていない。あのな。客っていうのは水の流れと同じで、低い方に流れるんだ。人が集まる方といってもいい。いったんその流れが出来ちまうと、逆向きに引っ張って来るのは大変だ。儲かる店はどんどん儲かり、さびれて行く店はどんどんさびれる。昔っから、そういうことに決まっているんだ」

つまり、ここが白柏屋と浜風屋の勝負処で、このまま向こうの好き勝手をさせておくと大変なことになる。

「だからさ、ここは、うんと強気に出て、これが橘屋ゆかりの菓子でございます。勝ったのは私どもですって宣伝しなくちゃ。勝次さんも純也もとにかくさ、白柏屋の店を見て来いよ」

定吉は今にも勝次の手を取って、白柏屋に行きそうな様子である。

「おとっつぁん」

お光がやんわりとたしなめた。

「浜風屋さんには浜風屋さんの考えがあるんだから、おとっつぁんがあれこれ口を出したら悪いわよ」

日乃出の一つ年上、十八歳になるお光は、定吉の一人娘だ。そのお光にたしなめられて、定吉は頭をかいた。

何日かして、鷗輝楼《おうきろう》のお利玖《りく》が遣いをよこした。頼みたいことがあるので、三人そろって来てほしいという。

鷗輝楼は横浜の吉原《よしわら》遊郭一の店で、お利玖はその女主人である。

掘り割りで囲まれた吉原は横浜の歓楽地。夜になれば煌々《こうこう》と明かりがまたたき、格子戸の内に着飾った女達が並ぶ通りも、昼間はひっそりとして大門の番をする男達も暇を持て余していた。

吉原の中通りをまっすぐ行った一番奥に鷗輝楼はある。白壁に大きく張り出した屋根には龍宮城を思わせる赤や緑の派手な飾りをのせ、柱の一本一本には異国の花や鳥が描かれている。浮世のうさを忘れさせ、ひと夜の夢を見せる不夜城も、今はまだまどろんでいる時間である。

帳場《ちょうば》の脇のお利玖の部屋に行くと、薄紫の綸子《りんず》の着物をゆったりと大きく襟を抜いて着たお利玖が待っていた。

「深川松の話を聞いたよ。たいそう面白い勝負だったそうだね。私も行きたかった」

ふうわりと笑った。

お利玖は横浜一の豪商、谷善次郎の妾であるという。といっても、いわゆる手植えの花ではない。鷗輝楼を名実ともに吉原一の遊郭に押し上げた。頭が切れて度胸もある。お利玖と話をしたいと、鷗輝楼に足を運ぶ新政府の高官や財界人も多いという。

「見損なって残念だったと言う人が多くてね。この鷗輝楼で、もうひと試合してほしいと頼まれた」

もうひと試合？　また白柏屋と菓子の勝負をするのか。

日乃出は思わず、顔をあげた。

お利玖が手をたたくと襖が開いて、白柏屋の己之吉が入って来た。すいかの種のような黒い目で日乃出達を見ると、にやりと笑った。

「今度も、勝負は一対一。白柏屋対浜風屋で行ってもらう。趣向は饅頭だ。中が空っぽの饅頭を作ってもらいたい」

中身がないということか。日乃出は首を傾げた。

「世の中がひっくり返って四民平等、鉄の船に鉄の車が走るそうだ。ならば、中身のない饅頭というのも面白かろう。期限は半月後、客に選んでもらい、勝った方には褒美を出す。どうだ、出来るか。白柏屋、浜風屋」

お利玖は愉快そうに声をあげて笑った。

菓子比べは鷗輝楼に客を呼ぶ手立てだ。

普通の勝負では面白くない。だから、みんながあっと驚くようなめずらしい菓子をつくらせる。

白柏屋を二度続けて負けさせるわけにはいかない。お利玖が仕切る勝負だ。よほどのことでないかぎり、勝つのは白柏屋だ。

己之吉はもう勝った気でいるらしく、満面の笑みで「確かに承りました」とうなずいた。

「白柏屋。どうせ、最初から決まった勝負だと思っているだろう。このお利玖はそんなに甘くない。堂々と戦ってもらう。そうでなければ、お客だって納得はしない」

驚いたのは己之吉だ。

「は」と答えて、目を白黒させた。

「どうだ、浜風屋、お前たちに出来るか」

お利玖がたずねた。

できるかと問われて、否とは答えられない。

「承ります」

勝次は重々しく答えた。

しかし、中身がない饅頭とは、これ如何に？

横に座っている勝次の顔を見ると、口をへの字に曲げて渋い顔をしている。純也は頬をふくらませた。

そもそも饅頭というのは餡の周りに皮をつけたものだ。皮があっての饅頭。なければただの餡の玉。餡がなくなって、皮だけで用が足りるか。餡なしの饅頭を饅頭と呼べるのか。

きつねにつままれたような気分のまま、日乃出達は鷗輝楼を出た。

「相変わらず、お利玖さんの考えることは普通じゃないわね」

純也が言った。

「まるでとんち問答だよ」

日乃出が続けた。

「一休さんの話で屛風から虎を追い出す話があったね」

「どうぞ屛風の虎を追い出してくださいませ。私が見事捕まえましょうって、あの話？　あたし達もやってみようかしら」

純也は笑った。

しかし、そんな二番煎じの手が使えるはずもない。

腕を組み、さっきから何か一人で考え事をしていた勝次が言った。

「『包』という漢字はお腹の中に胎児がいることを表す。大切に保護すること、過ちを犯さないよう慎むことにも通じる。そのあたりから、考えてみようと思う」

「中身がなくて、皮だけでもおいしい菓子って何かあったかしら？」

純也がつぶやく。

「雛あられとかは？　甘くてカリカリして、それだけで食べてもおいしいよ」

日乃出が答える。

「米粒みたいなの？　ちょっと小さくないかしら」

純也が首を傾げた。

「中に少し大きな丸い玉が交じっているな。あれならいいかもしれない」

勝次がうなずいた。

米粒の形をした雛あられは、もち米を蒸して乾燥させ、糒《ほしいい》にして煎り、砂糖蜜をまぶしたものだ。もう少し大きな球形のものは、餅を薄くのばして、小指の先ほどの大きさのさいの目切りにして干し、煎る。熱が入ると、ぷっとふくらんで真ん丸になるからそれに砂糖蜜をまぶす。

「米粒はだめよ。せめて梅干しくらいの大きさは欲しいわよ」

純也は大きさにこだわる。

ひとしきり三人であれやこれやと話をしたが、そのうちにはっと気がついた。

どう頑張っても、雛あられは雛あられだ。饅頭ではない。

日乃出はがっかりした。

浜風屋に戻ってからも三人で相談したが、なかなかいい案が出ない。

「ねぇ、ほら、以前、食べたエクレアってお菓子があったでしょう。あれならどうかしら。中はクリームを入れないで、上を飾るの」

たまたま遊びに来ていたお光が言った一言に、三人は顔を見合わせた。

「そうねぇ。エクレアの生地なら卵もバターも入っているから、それだけで食べてもおいしいかもね」

純也が言った。

「砂糖も増やしてみようか」

勝次も乗り気になった。

「じゃあ、うちの店からバターと卵を持って来るわね」

お光が立ち上がる。三人も準備にとりかかった。

エクレアの生地はうどん粉に砂糖や卵、バターを加えて練り、丸く絞り出してオーブンで焼く。浜風屋には本格的なオーブンはないから、大きな鉄鍋を使う。蓋をして火にかけ、上にも炭をのせて熱するのだ。

しばらくすると、砂糖とバターの入り混じった甘い香りが店の中に漂い、エクレアの皮が焼きあがった。

「ふふ。焼けた。焼けた。いい色」

純也が取り出して、皿に並べた。

熱々を手でちぎると、中は空洞になっている。

「やったね。中は空っぽだ」

日乃出は言って、口に運んだ。

「パリパリしておいしいわ」

お光は白い頬をほころばせた。

「もう、一工夫あってもいいな」

勝次が言う。

冷めた所で勝次が砂糖衣をかけ、純也が今朝方作ったばかりの赤い飴を載せた。

日乃出も落雁《らくがん》の麦の穂と藤の花を載せてみた。

「あらぁ。かわいい」

純也はそう言って、柳葉洞で買った青磁の皿に載せた。皿が上等なせいか、菓子の見栄えもぐっとよくなった。

「なんだ、この皿はどこから出て来たんだ？」と首を傾げる勝次に純也は「いいの、いいの」と答えている。

「なんだか、これでいけそうな気がしてきた」

日乃出は言った。

「よし。この方向で行ってみよう。お光さんのおかげだな」

勝次もうなずいた。

二日ほどして、鷗輝楼から使いが来た。そろそろ、菓子を見せてほしいという。日乃出達はエクレア皮を用意した。

鷗輝楼ではお利玖がきつね目の若い男をはべらせて待っていた。男は色が白く、女のように赤い唇をしている。ぬれたような目でお利玖を見つめ、猫のようにごろごろとのどを鳴らしていた。その様子に一切構わず、勝次はうやうやしく箱を差し出した。

「風薫ると名付けました」

ふうんと言って箱をのぞき込んだお利玖は、いきなり一つをつかみ出すと両手で引きちぎって中を確かめた。

「たしかに中身は空っぽだねぇ」

面白くもなさそうに言うと、ちぎった半分を横にいたきつね目の男に渡した。

「お前さんが、食べてみな」

男は細く長い指で菓子をつまむと口に入れた。

「うまいか」

「まぁまぁでございます」

男はくちゃくちゃと嚙みながら、面白くもなさそうに言った。

「そうか。どんな味だ」

「中身のないエクレアのような味でございます」

「やっぱりな」

そう言うと、お利玖は残った半分を自分の口に入れ、ふんと鼻で笑った。

「これは、饅頭ではない」

宣言すると菓子で汚れた指先を男の鼻先に伸ばした。男はすかさず胸元から手ぬぐいを取り出し、お利玖の手を取った。

「お利玖様の手は冷たい。氷のよう」

男はそういうとお利玖の指に息を吹きかけ、指の一本、一本、根元から指先までゆっくりとなでるようにして汚れをぬぐった。お利玖は顔色も変えず、されるままになっている。日乃出は見てはいけないものを見たような気持ちになって、目をそらした。

「先ほど、白柏屋からも同じような物が届いた」

お利玖はそう言って、脇においた白木の箱を見せた。中には赤や黄色の砂糖を塗った丸い菓子が入っていた。

「食べてみるか」

男が小皿に載せて、三人の前においた。少しちぎって食べると、卵とバターの甘い味がした。

「生地を焼いてからクリームを塗り、もう一度焼いたそうだ。だから浜風屋のものと違って、手が汚れない。これを饅頭と呼べるかどうかは意見が割れる所だろうが、それにしても浜風屋よりはマシだ」

お利玖の言葉に男がクスクスと笑った。

「お前達もまだまだだね。考え直して、新しいのが出来たら教えておくれ」

三人は頭を下げた。


「お前達もまだまだだね」

純也がお利玖の口まねをした。吉原を出ての帰り道である。

「それに、なに、あのきつね目の男。感じ悪い」

「だけど、どうしてエクレアが重なったのかなぁ」

日乃出は首をかしげた。

「人の考えることは大体似ているんだ。エクレアは流行りの菓子だし、クイーンズホテルでも売っているんだろう」

勝次が言った。

海岸通りのクイーンズホテルのケーキは人気が高い。白柏屋はそれに目をつけたのだろう。

浜風屋に戻ると、お光が友達を連れてやって来た。

「一緒にお茶を習っている花乃《はなの》さん。浜風屋さんのお菓子が大好きなのよ」

「いつも、お光さんからお饅頭とか羊羹とかいただくんです」

花乃は鈴を鳴らすようなかわいらしい声で挨拶をした。

吉田橋通りに大きな店を構える呉服商の娘で、年は十五。色白で黒目勝ちの大きな瞳が愛らしい、京人形のような美形である。しかも、さすがに呉服商の娘だ。凝った刺繡をほどこした紅色の京友禅《ゆうぜん》の振袖を着ていた。

一方、お光は十八歳。番茶も出花で年相応のかわいらしさがあるのだが、花乃と並ぶといささか見劣りがする。丸顔で色白。一重まぶたで、鼻も丸い。どちらかといえば、おかめ顔なのだ。それに、着る物もあまり頓着しない。裁縫だ踊りだと、稽古事に行く時は振袖も着るが、ふだんは木綿の着物で家を手伝っている。

二人並ぶと、お光が花乃の引き立て役のようになってしまうのだが、そんなことは一向に気にしないのがお光のいい所だ。

「ねぇ、どうだった？」

お光がたずねた。いいお返事だったでしょうと、顔に書いてある。

「ううん。それがね」

純也が言った。

「だめだったのぉ」

「うん。もうちょっと考え直しなさいって」

日乃出が言った。

「残念ねぇ」

お光は心から悔しそうな顔になった。

「残り物でよかったら、中身のない饅頭を食べて行けば」

純也が試作品のエクレアの皮を取り出して、お光と花乃に勧めた。

「おいしいのにねぇ。そう思わない？」

お光が花乃にたずねた。

「そうねぇ。でも、私はクリームが入った方が好きだわ」

花乃はかわいい顔で遠慮のない返事をした。


どら焼きの皮を工夫しようと思ったのは、日乃出が夜、鍋を洗っていた時だ。エクレアの皮は洋風だから、どう工夫しても饅頭のようには見えない。もう少し和風のもので、中身がなくても形を保っていそうなもの。

どら焼きの皮はどうだろうか。薄く焼いて後ろの方でつなぎ合わせてみたら……。

片付けを終えて取り掛かった。鉄板に生地を流して焼いていると、純也がやって来てのぞきこんだ。

生地はうまく焼けるのだが、丸く形づくろうとするとなかなかうまくいかない。

「まだ温かいうちに丸い物にかぶせたら、どうかしら」

純也が湯飲みを持って来た。

「生地を工夫してみようか」

勝次が加わり、お光も顔をのぞかせて四人であでもない、こうでもないと試して、なんとか形になった。勝次が甘味に黒糖を使うことを提案し、日乃出が内側に薄く餡を塗ることを考えた。お光がおいしいと褒めてくれて、完成となったのが三日後。

どら焼き饅頭と名付けてお利玖の所に持って行ったが、すでによく似たものが届いていた。しかも、向こうの方がきれいな形だ。

がっかりである。

それにしても、どうしてこう考えがかち合うのだ。

「おかしいよ」

日乃出は口をとがらせた。

どら焼きの皮を使うだけならともかく、黒糖入りで内側に餡を塗った所までそっくりとなると、あまりに似すぎている。

「しかし、どこから漏れたんだ？」

そこが問題だ。勝次、純也、日乃出の三人とお光のほかに知っている者はいないはずだ。

浜風屋に戻って純也と日乃出で片付けをしていると、お光と花乃がやって来た。お光は首に白い綿のようなものを巻いている。

「いやだ。お光ちゃん、首にたんぽぽの綿がとんでいる」

純也が言うと、お光は一瞬、首をかしげ、それから笑い出した。

「もう、純也さんたら。これは真綿よ。お蚕《かいこ》さんの絹」

お光と花乃の友達のお咲《さき》が昨年嫁に行き、赤ちゃんを授かったのでお祝いに贈る真綿布団を注文して来たという。

「そのお店はね、泉の方で蚕を育てて自分の所で真綿をつむいでいるの。細くてやわらかくて、真珠みたいに白く光っている、とっても上等の真綿なの。お店の人が首に巻くと温かいって言ってたけど、本当よ」

真綿で作った布団は軽くやわらかく、冬温かく、夏涼しい。

蚕は年に何度も孵化するが、なかでも春、桑の若葉を食べて育った蚕はよい糸をたくさん作ると珍重され、玉繭《たままゆ》という言葉は俳句の季語にもなっている。

赤ちゃんを授かったお咲という娘にも日乃出は会ったことがある。おっとりとした気立てのよさそうな娘だった。親同士が決めた縁だから、見合いで顔を合わせた時には半ば話は決まっている。周囲にせかされて会ってみたら、意外にも夫になる人は好もしく、やさしげで、しかもお咲をいたく気に入り、その思いにお咲もほだされた。子が出来たと分かってからはさらに仲睦まじく、舅姑にもかわいがられ、幸せを絵に描いたようだという。

「お咲ちゃんは姿がよくて、目がすうっときれいな人がいいって言っていたのよ。それなのに、一緒になった人は全然違うの。私はそんなの絶対にいや。好きな人と一緒になりたい」

花乃は口をとがらせた。

「ふーん。花乃さんは好きな人がいるんだ」

純也がちろりと花乃の顔を見た。

「いやあね。いませんよ」

花乃の頬が少し赤くなった。

「え。花乃ちゃん、そんな人がいるの？」

お光が驚いた。

「あのね。若い娘なんだから、好きな人の一人や二人、いたっていいのよ。そんなことで驚くお光ちゃんの方がおかしい。お光ちゃんも、もういい年なんだから、人の赤ん坊のことよりも、自分の嫁入りの心配をした方がいいんじゃないの」

純也が憎らしいことを言った。

「だいたい、お光ちゃん、若いきれいな娘が真綿を首に巻くなんて、婆臭《ばば》いことしたらだめよ。すぐ、取りなさい」

「でも、温かいのよ」

お光は渋々真綿を首からはずした。

「あのね、年とって首にしわが寄るようになったら、こういうものをしてもいいの。だけど、お光ちゃんみたいにきれいなのどは人に見せなきゃもったいない。鷗輝楼のお利玖さんがどれほどお金を使っても、もう、お光ちゃんのようななめらかで、すべっとしたきれいなのどは手に入らないんだから」

「そうかしら」

お光はなんだかすーすーすると首をすくめ、手の上の真綿を名残惜しそうに眺めている。

「本当はお光ちゃんには縁談がたくさん来ているのよ。だけど、お光ちゃんのおとっつぁんがどれも気に入らなくて、端から断っているの」

花乃が言った。

「へぇ。そうなんだ」

日乃出は言った。はじめて聞いた話だ。

「条件がね、なかなか厳しいの」

そう言って花乃はお光の顔をちらりと見て、舌を出した。

お光は仕方ないという風にうなずいた。お光の相手は三河屋の二代目になる。定吉の目が厳しくなるのも当然だ。

「それにあたしは今、お見合いするつもりはないから」

お光は言った。

「ふうん」

純也がつぶやいた。

「そうなんだ……」

日乃出もお光の顔をちらりと見る。

お光は勝次を好きだったようだが、あの気持ちはどうなったのだろう。勝次にはまったくその気持ちはなさそうだが。

突然、花乃が声をあげた。

「どら焼き饅頭、少しいただいてもいい？」

「誰かにあげるの？　まずいけど、いいの？」

意地悪な純也である。

花乃は心に思う誰かさんと食べるつもりに違いない。「家でみんなで食べる」という花乃の言葉を聞き流し、日乃出はきれいな箱に詰めて渡した。

コケコッコーという菓子を教えてくれたのは、クイーンズホテルの元洗濯係の鶴《つる》さんである。

日乃出はクイーンズホテルで働きながら、西洋菓子を習っていたことがある。いろいろあって辞めなくてはならなくなった。鶴さんも今は別の旅館で働いている。

二人は町でばったり出会って立ち話になった。

「あの時は、悪かったねぇ。ほんと、申し訳ない。あたし達がお焼き作ってくれって言ったから、辞めることになったんだろう」

「それだけじゃないですから。気にしないでください」

「その後、浜風屋に戻ったんだよね。活躍しているんだってね。あたしもうれしいよ」

鶴さんは日乃出の手をしっかりと握った。

「今は、どんな仕事をしているんだい。また、新しい菓子を考えているのかい」

「そうなんです。変わったお菓子を知りませんか？」

「変わった菓子？　そうだねぇ。たとえば……」

「お饅頭とか……」

「饅頭じゃないけど、ちょっと変わった菓子は知っているよ。中身が空っぽなんだ。丸くてコケコッコーっていうんだ」

日乃出は思わず耳をうたがった。急に胸がどきどきして来た。

中身が空っぽ。丸い菓子。

どんぴしゃりではないか。

鶴さんはその菓子を、いっしょに働いているお末《すえ》ちゃんという人からもらったのだそうだ。

「なんでも、旦那さんが長崎の出身で、郷里に伝わる菓子なんだってさ」

「その人を紹介してもらえますか？　作り方を教えてほしいんです」

日乃出は勢い込んで言った。

「いいよ。お安いご用さ。これから一緒に行って頼んでみよう。今度こそ、あんたの役に立ちたいものね」

鶴さんの仲立ちで、仕事が終わった後、お末ちゃんがコケコッコーの作り方を教えてくれることになった。

日乃出はうれしくて走って浜風屋に戻った。着いた時は顔が真っ赤で肩で息をしていた。純也に水をもらって、やっと大きな息をついた。

夕方、日乃出と純也はお末ちゃんの住む太田村に行った。太田村は横浜といっても、ずいぶんはずれの方だ。里山に囲まれているせいか日暮れが早い。田んぼで蛙がうるさく鳴いている。

「ここも横浜？　なんだか、ずいぶん田舎に来ちゃったわねぇ」

純也はぶつぶつ言った。

お末ちゃんは、毎朝、この村から海岸の方の旅館に働きに行っている。往復だけでもずいぶん時間がかかるに違いない。

お末ちゃんの家は裏に林のある古い家だった。お末ちゃんはこの村の生まれで、旦那さんが長崎の人だ。コケコッコーはその旦那さんから教わったそうだ。

お末ちゃんはころころとよく太った、笑うとえくぼが出来る、かわいらしい人だった。旦那さんは口数の少ない、やせて骨ばった体つきの人で、どう見てもお末ちゃんより二十歳は年上に見える。

「コケコッコーじゃない。一口香《いっこっこう》っていうんだ。一口食べると、香りが口に広がるって意味だ」と言った時は怒られたように思ったが、それが普通の話し方らしい。

「あたしのは、うちの人に聞いた作り方なんだけど、こんな感じでいいのかしら」

皿の上には茶色っぽい丸い菓子が載っていた。表面は乾いて、少しひび割れていた。

日乃出は一つ手に取った。

びっくりするほど軽い。

「かじってみてよ」

お末ちゃんが言った。

おそるおそる歯をたてると、ぱりっと乾いた音を立てて割れた。

「あっ」

日乃出は歓声をあげた。中は空っぽで、内側には黒糖が飴になってへばりついている。

小麦粉と水飴を練った生地で黒糖の飴を包み、鉄鍋で焼いたものだそうだ。高温に熱せられて皮はふくらんでパリッとし、中の飴は溶けて皮に貼りつくので空洞が出来る。

「不思議な菓子でしょう。うちの人は自分の村にしかない菓子だって言うんだけど」

「じいさんのじいさんが清の船乗りから聞いた菓子だ。よその土地ではみない」

旦那さんが怒ったように言った。

お末ちゃんが鍋を取り出して、一口香の作り方を見せてくれた。途中まで行くと
「ああ、そんなんじゃだめだ」と言って旦那さんが立ち上がった。

お末ちゃんはしょっちゅう旦那さんに怒られている。でも、お末ちゃんはにこにこしてうれしそうだ。

「うちの人は料理人だから、あたしなんかよりずっとおいしい一口香が出来る人です」

「もう料理人じゃない。とっくの昔に包丁は握らなくなった」

旦那さんはぶっきらぼうに言った。

「お二人はなんだか、とってもお似合い。仲がいいんでしょう」

純也が言った。

こういうのをお似合いというのだろうか。仲がいいというのか。日乃出には分からない。

でも、お末ちゃんはぱっと顔を輝かせて言った。

「そう見えます？　あたしがうちの人に惚れて、家に来てもらったんです」

「また、余計なことを」

旦那さんは渋い顔になった。

それから一口香が焼き上がるまで、お末ちゃんの長い話が始まった。日乃出と純也は目で旦那さんの手元を追いながら、右の耳で解説を、左の耳でお末ちゃんの恋の物語を聞いた。

お末ちゃんが旦那さんに出会ったのは、十七歳の時。横浜の料亭で仲居をしていた時だ。旦那さんはその店で板前をしていた。お末ちゃんは旦那さんが初めて来た時、「うわあ、かっこいい」と思った。それから、どんどん好きになった。旦那さんの作る料理も、包丁を使う姿も、顔も、姿もみんな好きだった。

旦那さんは、枯れ枝のようにやせて骨ばっている。二人並ぶと親子のようだ。一体、この人のどこにお末ちゃんはときめいたのだろうか。日乃出は旦那さんの様子をそれとなく観察したが、よく分からなかった。でも、純也に「あんたはお子ちゃまだからね」と言われそうなので黙っていた。

その頃の旦那さんは、前の女房と別れて荒れていた時で、酒を飲んで喧嘩はするわ、博打はするわで、仲間達にも、あの人だけはやめておきなさいと忠告された。

「でも、あたし、思ったんです。みんなはうちの人のことが全然分かっていない。うちの人のいい所が見えているのは、あたしだけだって」

いろいろあって、お末ちゃんは別の人と一緒になったが、やっぱり旦那さんのことが忘れられない。そんな折、旦那さんがまた横浜に戻って来ていると聞いた。怪我をして板前をやれなくなったという。

お末ちゃんは会いに行った。

やっぱり、この人しかいないと思った。

それで、一緒に暮らしていた人と別れ、旦那さんを迎えに行った。

「在所に小さな家があるから、そこで一緒に暮らそう。あたしが働くから、なんとかなるでしょうって頭を下げて頼んだの」

すごい話だ。

一緒に暮らしていた人は、いきなりお末ちゃんに捨てられてしまった訳である。もめたりしなかったのだろうか。

そのあたりのことは省略されているが、とにかくめでたくお末ちゃんは旦那さんと一緒になれた。

お末ちゃんが「うちの人」を連発する訳である。

「いい話ねぇ」

純也はうっとりとした顔になった。旦那さんも、「また、そんな昔話を」と不機嫌そうにしているが、その実まんざらでもないらしい。

それにしても、一見穏やかそうなお末ちゃんのどこに、そんな激しさが隠れているのだろうか。人というのは分からないものだ。

それから出来上がった一口香を四人で食べ、作り方もしっかりと聞いて浜風屋に戻った。

夜、日乃出が三河屋に戻ると、お光の部屋と隔てている襖がすうっと開いた。

「日乃出ちゃん。ちょっと相談したいことがあるの」

真剣な顔である。

「花乃ちゃんのことなんだけどね。好きな人がいるらしいの」

こちらも恋の話か。お光は布団から身を乗り出した。

「あたしと出かけるといって、誰かに会っているらしい。今日、花乃ちゃんのお母さんに挨拶されて気づいた。何て答えればいいのか分からなくて、どぎまぎしちゃった」

「それは困ったねぇ。変な人じゃないといいけどね。花乃ちゃんが会っているのはどんな人か分かる？」

「あの子は、あんまり自分のことを話さないから。でも、お菓子の好きな人らしい」

「甘党なんだね」

日乃出の言葉にお光は首を傾げてしばらく考えていた。

「お相撲さんかしら」

まじめな顔で言った。

「いやぁ、違うんじゃない。横浜にお相撲さんはいないよ」

「あはは、そうだった」

お光はころころと笑った。

「だからね、もしどこかで花乃ちゃんを見かけたら、どんな人と会っているかよく見ておいてくれる?」

「分かりました」

花乃ちゃんがお末ちゃんのような激しい性格でないことを祈りたい。


翌朝、浜風屋に行くと、純也が裏の空き地にいた。また、地面が掘り返されていたのだ。

「土をたっぷりかぶせておいたのに、掘り返されているのよ。せっかく花が咲いたえんどう豆もなぎ倒されているし」

「本当にたぬきなの?」

「じゃあ、猪かしら」

今までも小豆や芋の皮、卵の殻、野菜のくずを地面に穴を掘って埋めていたが、掘り返されることはなかった。だが、最近は試作をするのでバターや砂糖がたっぷり入った菓子を捨てることも多い。

「だから、それを食べて味をしめたたぬきか、猪か、野良犬なのよ。ああ。こんな所まで卵の殻が散らばっている。日乃出もちょっと手伝ってよ」

純也はぷりぷり怒って日乃出にほうきを渡した。

「それより、花乃ちゃんのことなんだけどさ」

日乃出はお光から聞いた話を告げた。

「花乃ちゃんがお末ちゃんみたいな恋をしていたら困るね」

「そうねぇ。でも、その心配はないんじゃない。あたしの見た所、あの子は結構、計算高いわよ」

純也はきっぱりと言った。

「あの子は何でも一番じゃないと気が済まない。仲間の内で一番きれいで何でも出来て、一番おしゃれでいたい。そういう子が選ぶのは、百人いたら百人が素敵だなぁって思う人なのよ」

「そんなこと、分かるの？」

「そうじゃなかったら、お光ちゃんとは歩かない。お光ちゃんは花乃とは張り合わないでしょう。お光ちゃんの隣にいれば、花乃は余計に美人に見えるし」

「性格、悪《わる》っ」

そういう見方をする純也のことだ。でも、純也はそうはとらなかった。

「そうよ。あの子は性格が悪い。利用されているだけなんだから、もう、花乃と付き合わない方がいいよってお光ちゃんに言ってあげな」

それは言いにくい。

「きっと、花乃の相手は鼻がすうっと高くて涼しい目をしているのよ。でも、顔だけよくても、質《たち》の悪い男はいっぱいいるから。そういうのに引っかかると面倒よねぇ」

なんだか、少し心配になって来た。しかし、だからと言って何が出来る訳でもない。

日乃出は純也に言われたように地面を掃いた。

「ほう。お前さん達の顔つきを見ると、今度はちょっとはましになったみたいだね」

鷗輝楼でお利玖は言った。昼を過ぎたばかりの時刻で、お利玖は風呂あがりらしく薄化粧にしっとりとぬれた髪をしていた。

「もちろんです」

日乃出は胸をはった。

だが。

箱を開けたお利玖は厳しい顔になった。パリッと割って中を見る。その途端、お利玖の美しく整った顔に怒りが広がった。目が吊り上がって、口がへの字に曲がった。きれいな顔は怒ると、相当に怖い。

「白柏屋の箱があっただろう。こっちに持っておいで」

襖の向こうに怒鳴ると、きつね目の男が鶏の卵ほどの大きさの薄茶色の菓子を持って現れた。

「長崎の一口香という菓子だそうだ。なんでも清国の菓子を参考にしたものだそうだ」

皮がぱりっとして中は空洞、内側に黒っぽい飴が貼りついている所までよく似ている。

どうして、こんなにも重なるのだろう。

「もう、いい加減に人まねをするのはよしな」

お利玖は大声をあげた。

「こんなんじゃ、菓子の戦なんか出来やしない。鷗輝楼ともあろうものが大恥だよ。約束の日は残り三日。もっと腰を据えて、本気で考えな」

肝が縮むとはこのことだ。お利玖の剣幕に日乃出は震えあがった。

「絶対に、絶対に、絶対におかしい。こんなに重なる訳はない。あたし達のことを探っている奴がいるに違いないわ」

鷗輝楼を出た途端、純也は叫んだ。

「しかし、誰が探っているというんだ」

勝次がたずねた。

「花乃じゃないかしら」

純也はよほど花乃が嫌いらしい。

「この所よく店に来ていて、どら焼きもエクレアも食べたじゃないの」

「しかし、そんなことをして花乃さんに何の得がある」

勝次が言った。

「だから、悪い男がついていていてね、そいつが花乃を操っているの」

純也が自説を唱える。

「それは、純也、黄表紙《きびょうし》の読み過ぎだよ」

日乃出は少しあきれて言った。

道の先に葛菓子屋があった。

最近出来たばかりの店で、若い娘の間でちょっとした評判になっている。作り立ての葛を洒落た器に入れて、きな粉と黒蜜をかけて食べる。するっとのどを通る甘さが、ほかにないという。

その店先に花乃がいた。供の小僧と並んで葛菓子を食べている。本人は隠れているつもりかもしれないが、なにしろ美形である。さらに、着ているものが贅沢だ。今日は濃い緑に藤の花の刺繍を散らした振袖である。ぱっと目に飛び込んで来る。

と、思っていると若い男が来て斜め前に座った。

すらりとした姿のいい男だ。渋い海老茶《えびちゃ》の羽織と着物に白足袋《たび》がまぶしい。

どこかの大店の若旦那だろうか。

男が何か言うと花乃が笑う。

花乃が何か言い、男が答える。また花乃が笑う。

小僧は隣で静かに葛菓子を食べている。

「花乃さん、誰と会っているんだろう」

日乃出はつぶやいた。

「やっぱりね。男が裏にいたのよ」

純也はにんまりと笑う。

「人の心配より、自分達の仕事が先だ」

勝次に言われて日乃出と純也は足を速めた。


浜風屋に戻ると、三人で菓子の相談をした。

とにかく、もう三日しかないのである。

松弥の菓子帳をめくったり、西洋菓子のメモを見直した。体を動かした方がいいとか、とにかく思いつくものを次々言ってみるとか、いろいろやってみた。だが、知恵は出ない。今までだって、その手のことはさんざんやって来たのである。夜遅くまで続け、知恵を絞りつくし、滴もでない状態になっていた。

「とりあえず、今日は休もう。明日になったら、また何か思いつくかもしれない」

勝次が言った。

純也も日乃出も疲れ果てていた。

「三河屋に帰るなら送って行くわ。裏の空き地にたぬきか猪が来てるかもしれないから」

純也が言った。

「そうだな。子供を産んだばかりの猪は気が荒くなっている。熊だったら大変だ」

勝次も心配そうな顔になった。

「猪とか熊が出たって話を聞いたことがないよ。大丈夫だよ」

「まったく、これだから日本橋生まれは困るわよ。このあたりの山はずっと箱根まで続いているのよ。足柄山の熊がこっちに来ているかもしれないじゃない」

「足柄山の熊って何よ」

「知らないのか。金太郎に負かされた熊のことだ」

いったい、いつの話をしているのだ。金太郎はおとぎ話だろう。

だが、勝次も純也も真剣な顔をして、三河屋まで送ると言っている。

勝次と純也に連れられて裏口を出た。純也が提灯《ちょうちん》を、勝次が箒《ほうき》を持っている。熊が襲って来たらこれで追い返すつもりらしい。

裏口を開けて、外の様子をさぐる。動物のいる気配はない。三人で歩き出す。

突然、先頭を行く勝次が止まった。空き地に何か動くものがある。

たぬきか狐か猪か。あるいは熊か。

勝次は日乃出と純也を立ち止まらせると、箒をかまえ、足音をしのばせて近づいて行った。箒を上段にかまえ、掛け声もろとも振りおろした。

ひゃあ。

悲鳴があがった。

まぎれもない人の声だ。

純也の照らす提灯の明かりに、「すまん。すまん。許してくれや」と手をこすり合わせている五郎の姿が浮かんだ。

浜風屋のごみをあさっていたのは、五郎だった。


「とにかく、ちゃんと事情を説明してよ」

純也が言った。

五郎は浜風屋の仕事場に座り、体を小さく縮めている。

「せやから、何度も言うたやろ。己之吉はんに浜風屋が何を作っとるか探って来い言われたんや。白柏屋で働いとることは知られとるんやから、前みたいに店に出入りする訳にはいかへん。それで、ごみを見たらどないかなって、考えたんや」

「じゃあ、エクレアもどら焼きも一口香も、あんたがごみの中から拾ってってたって訳？」

日乃出がたずねた。

五郎はさらに体を小さくした。

「そうや。かけらを持って帰ってみんなで考えた。白柏屋は一から新しいことを考えるのは苦手やけど、方向さえ決めてくれればそれから先を作ることは出来るんや。腕のある職人がおるから、浜風屋の先を行くことが出来る。そう己之吉はんが言うとった」

「どうして、そこまでして勝ちたいんだ。自分のしていることが恥ずかしくないのか」

勝次は憤った。

「そら決まってるやないか。橘屋の名前が欲しいからや。浜風屋に日乃出はんがおる限りは、大手をふって橘屋の名前は名乗られへん。浜風屋はいろいろ新しいこともやって力をつけて来とるのを知っとるから、焦っとる。今のうちにつぶしておきたいんや」

「つぶす……。そんなに憎まれているんだ」

日乃出は悲しくなった。

「つぶすのは餡だけで十分。菓子屋は助け合えばいいのよねぇ」

純也が軽口をたたいた。

橘屋では「菓子は人を支える」というのが家訓だった。菓子はお誕生から七五三、嫁取り婿取りと人の一生に寄り添い、喜びを家族や親しい人と分かち合う。人の世に浮沈はつきもので、辛い思いや苦しみにあうかもしれない。そんな時、菓子の甘さは人をなぐさめる。生まれて来たことを喜び、成長を楽しみにしてくれた人がいることを思い出させてくれる。たかが菓子、されど菓子。菓子が出来ることは小さくない。誇りを持って、菓子作りに励めと伝えられてきた。

小僧の時から橘屋に勤めて来た己之吉が、その言葉を知らないはずはない。どうして、そんな考え違いをするようになったのか。

橘屋で何かあったのか。

「だけど、あんたもあんたよ。人の家のごみをあさるなんて、情けない。名のある京菓子屋で働いていたんでしょう」

純也が言った。

「そう言うなや。こっちにはこっちの事情があるんや」

五郎は情けなさそうな顔をした。

「つまり、横浜で雇ってくれる店がなかったということなんだろう。大体の事情は美浜堂さんで聞いたよ」

勝次が言って茶碗に白湯《さゆ》を入れて手渡した。五郎は白湯を飲んで大きく息を吐いた。

「こんなつもりや、なかったのになぁ」

遠くを見る目になった。

「はるばる横浜まで来て、みじめな目に遭《お》うた。どこで間違《ちご》うたんかなぁ」

五郎は細い首をうなだれた。まだ少年のような顔立ちで体も小さい。りすかねずみを思わせるような愛嬌のある黒い目をしていた。偉そうなことばかり言っていたが、案外気の小さい男かもしれない。自分を大きく見せようと精いっぱい背伸びをしていたのか。

なんだか、少しかわいそうになった。

「みんなと一緒に東京に来たんでしょう。ずっと京菓子屋にいればよかったじゃないの」

純也が言った。

「出来れば、わしもそうしたかったわ」

五郎はいよいよ淋しそうな様子になった。

つまりは京菓子屋の落ちこぼれだったのだ。

京菓子ははんなりした色や姿をしている。はんなりというのは、花なりの意味で、品がよくて、しかもはっと人の目を集めるような明るさ、美しさを指す。五郎は近江の生まれで、その『はんなり』がなかなか身につかなかった。店の主人に『その赤はうちの色と違う』などと言われても、どこが違うのか分からない。女将さんに『やっぱり、京の生まれやないとあかんなぁ』といわれて悔しい思いをした。だから、人一倍努力した。でも、だめだった……。

「それで、横浜で一からやり直そ思たんや」

五郎はそう言って顔を伏せた。

「だったら、あんなに生意気な口をきかずに、もっと素直になればよかったんだよ。いきなりやって来て、えらそうな口をきく職人を雇う店なんかないよ」

「わかっとるわ。せやけど、こっちにも京菓子職人の意地いうもんがあるんや」

「つまんない意地だねぇ」

純也に言われて、五郎は顔を伏せた。

「それで、どうするつもりなんだ。ここまでしゃべってしまったら、もう白柏屋には帰れないだろう。金はあるのか」

勝次がたずねた。

「それぐらい、自分で考える。どないかするわ。わしかて菓子職人なんや」

五郎は肩を怒らせた。

「相当な意地っ張りだわ、この子は。そう言ったからには、何が何でもやっていけるよう、自分で頑張りな」

純也が言った。

「帰るわ」

五郎は立ちあがった。懐から何かが落ちた。日乃出が拾うと、それはお光が首に巻いていた真綿だった。

「これ、どうするつもり?」

「今日の収穫や。これを持って帰って、浜風屋では真綿みたいな菓子を作るらしいて言うつもりやった」

真綿みたいな菓子ねぇ。日乃出は手の中の白い塊をながめた。

「面白いな。気づかなかったよ」

勝次が言った。

「あんた、目のつけ所がいいかもね」

純也が言って、にやりと笑った。

「へへ。そうか。せやったら今日のことは帳消しか？」

「そんな訳ないわよ。ばか。一昨日《おととい》おいで」

純也が蹴飛ばす真似をした。

「来る訳ないやろ」

五郎は日乃出の顔をちょっと見て、一瞬、泣きそうな顔になり、浜風屋を走り出て行った。


そして三日が過ぎた。浜風屋と白柏屋の空っぽの饅頭対決の日となった。浜風屋の三人が鷗輝楼の広間に行くと、すでにたくさんのお客が集まっていた。

先ほど、お利玖には菓子を見せた。まぁ、いいだろうと言われたが、お客の反応は分からない。お利玖はお客の後ろで怖い顔をして見ている。お客を白けさせたらただではおかないという眼だ。その眼が怖い。

「空っぽの饅頭。またの名を真珠繭」

勝次は今朝ほど作ったばかりの菓子を披露した。

飴を絹糸のように細くのばし、幾重にもあられに巻いた物だ。それは春、新しい桑の葉を食べた蚕がつむいだ繭のように真っ白で美しい。お客はそっと口に運ぶ。歯にあたると、サクッと軽い音をたてて飴はくずれ、口の中で溶ける。甘い余韻だけが残る。

「消えた」

一人のお客は驚いたように目をあげた。

「中身はございませんから」

日乃出が答えた。

「今年もいい繭がたくさんとれますようにと、願いを込めました」

純也が言った。

「なるほど、お蚕様か。なるほど横浜らしい菓子だ」

絹織物の売買をしている男は満面の笑みをたたえた。

「この季節ならではだ」

「おかげさまで今年はいい繭がたくさんとれましたからねぇ。私もこうして、鷗輝楼に伺うことが出来る訳ですよ」

お客達はひとしきり、菓子の話で盛り上がった。

「さて、次は何かな。白柏屋」

うながされて、己之吉は菓子を取り出した。

見かけは饅頭そのものである。柔らかそうな白い皮の面には柏の葉の焼き印が押してある。

「おお、たしかに饅頭だな。面白い。面白い」

一人が手を伸ばし、がぶりと噛んだ。

パリッという音がした。大きな声で叫んだ。

「なんだ。中は最中皮じゃないか」

「本当だ。最中皮に饅頭の皮を載せただけだ」

「それなら最中だろう。これを饅頭とは呼べない」

お客達は口ぐちに言いつのった。

お利玖がはっしと己之吉をにらんだ。視線で人を殺せるなら、己之吉は即死しそうな鋭い目である。

己之吉は真っ赤になってもじもじしている。

「ああ。これは、申し訳ございませんです。そういうつもりではなくて……」

しどろもどろになって言い訳をしながら、席を立った。

一瞬場が白けたが、そこは抜けめないお利玖のこと、控えていた太鼓持ちや芸者衆がにぎやかに現れてお客達を別の座敷に誘った。

日乃出達が帰り支度を調えた時には、お利玖の機嫌はすっかり直っていた。

「お前さん達のおかげで、今回はなんとか私の顔が立った。よかったよ。それにしても、ふざけた真似をしてくれたのは白柏屋だ。もう二度と、この鷗輝楼の敷居はまたがせないと言ってやった」

お利玖は笑顔で礼を言った。

日乃出達はとにもかくにもほっとした。苦労したけれど、最後はとにかくみんなに喜んでもらえたのがよかった。

帰り道、葛菓子屋の近くを通った。

この前と同じように花乃の姿があった。花乃のまわりは光が集まっているように華やかだ。

「あの二人がいるよ」

日乃出が純也の袖をひいた。

斜め前に身なりのいい若い男が座っている。

男が何か言い、花乃が笑う。小僧さんは静かに葛菓子を食べている。

「じろじろ見るな。花乃さんが話している相手は玉露《ぎょくろ》堂の若旦那だ。お茶の師範をしていて、花乃さんを教えているそうだ。美浜堂の若旦那に教えてもらった」

勝次が言った。玉露堂と言えば、横浜でも知られたお茶問屋だ。

「なんだ、つまらない」

純也がつぶやいた。

「何がつまらないだ。お似合いじゃないか」

勝次が少し怒ったように言った。

「お似合いすぎるから、つまらないんでしょう」

純也が口をとがらせた。

玉露堂の若旦那の顔立ちは人並みはずれて美しい。家柄も申し分ない。花乃が選んだのは、やはり百人いたら百人が素敵だと思う男であった。

「人それぞれ、自分にふさわしい人に巡り合うんだ。花乃さんらしいじゃないか」

勝次が言った。

日乃出の頭にお末が浮かんだ。つまり、お末には、あの枯れ枝のような人がふさわしいということか。

そのあたりは、分かったようで、まだよく分からない。

まぁ、いいか。今は菓子が一番だと、日乃出は思った。

三、蓮の葉におく露の白玉

夏の午後。太陽がじりじりと地面をやいて、そよとも風がない。蟬がうるさいほど鳴いている。

こんなに暑くなると、餡物の売れ行きが落ちる。浜風屋も同様で、水羊羹や錦玉が売れるが、羊羹や饅頭はさっぱりである。

純也は板の間に寝そべって伊勢物語を読んでいた。お光がやって来て、「あら、また？」と言い、「ねぇ、そんなに面白いの？」とたずねた。

純也はむっくりと起き上がった。

「だめだめ、そんなことを言ってたら。この面白さが分からないのは、お子ちゃまよ。ちょうど今、白玉の話が出て来るから読んであげる。日乃出もおいで。二人して、そこに座りな」

純也は自分の前にお光と日乃出を座らせた。自分は居住まいを正し、一礼をする。たくさんのお客を前にして一席ぶっているつもりらしい。

「さて、昔、昔、ある所に男がいました。男には好きな人がいましたが、その人はさるご大家のお姫様でした。とうとうある日、お姫様がいっしょに逃げてもいいと言ってくれたので、夜遅く二人で山の方に逃げて来ました」

ぽんと膝を打った。

「まぁ、面白い。落語みたい」

お光はころころと笑った。

「なにしろ昔のことでございますから、お姫様は十二単なんぞを着ている。男は姫を背中におぶって山道を走りました」

雅な話のはずなのにべらんめぇ調である。純也はこのごろ、寄席に凝っているのだ。

「川の傍に来るってぇと、草が露に光っております。姫様はたずねました。

『あれ、あの白玉のようなものは、なあに』」

純也はしなを作り、女の声を出した。役者のまねごとをしていただけあって、とても上手だ。

「男が息をきらして走っているのに、姫様はのんきに露なんかみている。そんな世間知らずの所が可愛いともいえるけれど、さすがに男はちょっと腹を立てて返事をしませんでした」

突然、空は真っ暗になり、雷が鳴って激しい雨が降って来た。どこかに雨宿りする場はないかと思うと、すぐ近くに粗末な蔵がある。

「ああ、よかったとひと安心して、男は姫を中に入れ、自分は弓を持って扉の外で見張ります。稲光がぴかっと光ると、ガラガラガラッと雷が落ちて来た。太い松の木が真っ二つ。雨で全身はもうぐっしょり。しかし、男は大事な姫様を守るため、一晩中、入口に立っておりました」

純也の語り口はなめらかである。最初はさほど興味のなかった日乃出もいつの間にか純也の語りに引き込まれて行った。

「さて、翌朝。雨も止んで空は快晴。男はほっとして、扉を叩いたのでございます。トントトン。姫様、おはようございます。

おや、返事がない。

トントトン、姫様、まだ、眠っていらっしゃるんですか。

耳をすますけれど、こそとも音がしない。

男はなぜか、いやぁな気持ちになった。こんな山の中に、どうして蔵が一つだけあるんだろう。出て来る時は星が出ていたのに、どうして急にどしゃぶりになったのか。これは尋常なことじゃない。まるで自分達をこの蔵におびき寄せるためのようじゃないか」

純也は恐ろしそうな顔をした。お光ののどがごくりとなった。日乃出もひと膝乗り出した。

「男は夢中で戸を叩いた。

ドンドンドンドン。

姫様。よろしいですか？　ドンドン、戸を開けますよ。大丈夫ですか？　いいですか。

ガラッと開けると、中は」

純也は言葉をきって二人の顔を順にながめた。

「姫の姿はなく、小袖が床に落ちている。拾い上げると真っ赤な血が一筋。や、これは姫のものではないか。小袖はまだ温かい。ふっと背中に気配を感じた。男は刀の柄に手をおいて、そっと振り返った。そこには……」

日乃出は膝においた手に力をこめた。

「角をはやした鬼がいて……」

純也はお光を指さして叫んだ。

「次はお前だぁ」

ひゃあああ。

お光は悲鳴をあげてひっくり返った。日乃出はけらけらと笑い転げた。

「まったく、三人で何を騒いでいるんだ」

勝次が裏の戸を開けて顔を出した。手には木刀を持っている。いつものように素振りをしていたらしい。

「伊勢物語の芥川の段だろう。そんな話だったか？」

結局、姫は鬼に食われてしまうのである。そこで男は嘆いて詠む。

『白玉かなにぞと人の問ひし時　露とこたへてきえなましものを』

あれは白玉ですかとあなたが聞いた時に、あれは露だよと答えて、自分も消えてしまえばよかったのに。

「白玉って、食べる白玉じゃなかったの？」

日乃出は少しがっかりした。

「でも、美しい話でしょう」

純也が言った。

「そうねぇ。美しいかどうかはよく分からないけど、面白かったわ」

お光がおっとりと答えた。

「純也にかかると、怪談話になっちまうからなぁ」

勝次が呆れたように言った。

その時、三河屋の主人の定吉が入って来た。なぜか少し機嫌が悪い。

「浜風屋のみなさんは、いつも楽しげでいいねぇ。そんな風だから白柏屋にしてやられるんだ」

手にした小さな箱を見せた。

箱の面にはびっくり饅頭と書いてあり、中を開けると一口香が入っていた。

「白柏屋の店先に人がたくさん集まって、次々何か買って行く。今度は何を売り出したんだと思ってみたら、これだよ。まったく、これじゃあどっちが勝ったのか分からない。結局、白柏屋に商いの種を教えてやっているようなもんだ。三人そろって、のんきも度が過ぎる。もう少し気を入れて商いをしたらどうなんだ」

確かに定吉の言う通りである。

「三河屋さんは親代わりみたいなもので、以前からいろいろ気を遣っていただいています。至らない所ばかりで、申し訳ありません」

勝次が頭を下げた。日乃出と純也も続く。

「まぁ、分かってくれればいいんだけどさ。それで一つ、相談なんだ。前から言っているけどさ、本気で馬車道の方に出て来ないか。ちょうどいい貸し店があるんだ」

「店を移るってことですか？」

勝次がたずねた。

「そうだよ。いつまでもこんな所に引っ込んでいてもしょうがないだろう。坂道をあがって来るだけで、息があがる」

「馬車道の方は、店賃もずいぶんと高いよね」

日乃出が小さな声で言った。

「引っ越しだって、前家賃だのなんだのって結構お金がいるのよ」

純也が答えた。

「だからさ、金の方はこっちでも考えるから。場所がよければ売り上げもあがる。いい加減、腹をくくりなよ。とりあえず内金をおいて押さえてあるんだ」

「もう、決めて来ちゃったのぉ」

純也が大声をあげた。

「そりゃあそうさ。今、横浜に店を出したいって人はいっぱいいるんだ。馬車道あたりは取り合いだよ。悠長なことは言っていられないんだ」

「いや、ちょっと待ってくださいよ」

勝次が目を白黒させた。

善は急げと浜風屋の三人にお光も加わって馬車道の店を見に行った。三河屋の三軒ほど先にある店は、浜風屋の倍、いや三倍の広さがありそうだ。前は料理屋だったそうで竈《かまど》なども まだ新しい。隣は呉服屋で、向かいは小料理屋。人通りはたくさんあって、場所としては申し分ない。もちろん店賃もそれ相応にする。

「広さもこれだけあれば十分だ。売り子は日乃出が頭《かしら》になって若い娘の二、三人を雇えばいい。裏は勝次と純也の二人じゃあ、ちょっと間に合わないかもしれないなあ。若いのを一人、二人入れるか」

定吉はあれこれ胸算用をしている。

「いや、定吉さん。ちょっと待ってください。人を入れたら給金を払わなくてはなりません」

勝次があわてた。

「当たり前だよ。人を入れたら、かかりもする。だけど、その分、売り上げもあがるからさ。商いってのはそういうもんだ」

定吉は真面目な顔で言った。

「いいか。白柏屋の間口はこの倍はある。人も六、七人は使っている。それでちゃんと店が回って、景気のよさそうな顔をしているんだ。浜風屋にもそれなりの力があるんだ。あんた達三人が中心になって力を合わせれば、何の心配もない」

どんどん話を進めてしまいそうな定吉を押しとどめ、これから三人で相談するから一晩だけ待ってくれと頼んだ。

浜風屋に戻って相談したが、いきなり人を何人も雇うのは無理がある。結局、この話は見送ろうということになった。

夜、日乃出が三河屋の二階に戻ると、そっと襖が開いてお光が顔をのぞかせた。

「ねぇ、お店の話、どうなった?」

「うん。あれはやっぱり断ることにした」

「そうだよね」

お光は小さくうなずいた。

「せっかく定吉さんに言ってもらったのに、ごめんね」

「こっちこそ。おとっつぁんはいつも何でも勝手に決めちゃうから」

「もう少し小さいお店ならよかったんだけど。明日、勝次さんから伝えてもらうことにしたから」

「いいのよ。気にしないで」

「おやすみなさい」

だが、襖は開いたままだ。

お光はまだ何か言いたそうにしている。

「じつは、あたしの縁談のことなんだけどね」

お光は布団からずるずると体を伸ばして来た。日乃出も身を乗り出したので、二人の顔が敷居の辺りで向かい合った。

「花乃ちゃんが玉露堂の若旦那と親しかったのは知っているでしょう。あの後、玉露堂さんから花乃ちゃんのお家に正式にお話があったの」

最初は驚いた花乃の親も、玉露堂さんならと喜んだ。秋には祝言をあげると決まったそうだ。

「おとっつぁんはその話を聞いて、びっくりしちゃったの。あたしが花乃ちゃんみたいに勝手に誰かを見つけて来るんじゃないかと心配になって、あわてていろんな人にお見合いを頼んだ。それはいいんだけど……。いざ、お話が来ると断るの。自分でお願いしておいて、自分で断っているのよ」

「定吉さんが気に入らないの？」

三河屋の二代目を託す婿である。条件も厳しいのだろう。

「そういうことじゃないの」

お光は頬をふくらませた。

「お店のこともそうなんだけどね、あたしを大事にする男というのが一番だっていうのよ」

「それは、そうだよ。ありがたいことじゃない」

「だ、か、らぁ」

お光は畳をどんと叩いた。

「まず、顔がいい男はだめなの。浮気をするに決まっているから。女のことであたしを泣かせるに違いない」

小金を持っているとなれば、女たちがほっておかない。いずれ馴染みの女を作るだろう。

「顔が悪くても、浮気をする男はするんじゃないの？」

「おっかさんもそう言ったんだけどね」

姿のいい男、愛想のいい男、口が達者な男もだめ。酒好きもだめだが、下戸もまずい。下戸の癖に酒場に出入りする男はたいていが女好きだ。

「じゃあ、どういう人がいいの」

「とにかくまじめで商売熱心な人。頭がきれて体が丈夫で、お客さんの扱いがうまくて商売仲間とのつきあいもほどほどに大切にして、女房子供を大事にする男の人」

そんな都合のいい人がいるだろうか。

「お店の番頭さんとかで、ちょうどいい年頃の人はいないの？」

「いや。それは絶対にいや」

お光は口をとがらせた。こちらの方は、お光が承知しないらしい。

「悔しいのはね」

お光が体を乗り出した。

「どうして、浮気をするって決めつけるのかって聞いたらね。あたしがおへちゃだからだって」

「えーっ。そんなこと、ないよ」

それはいくらなんでもかわいそうだ。たしかに花乃のような美形ではない。それは、本人も認める所だろう。

お光はどちらかといえば、おかめ顔なのだ。体つきもふっくらとしている。丸い顔に丸い鼻、笑うと細い目がいっそう細くなって半月を描く。美人の基準があるとすれば、少しはずれる。それは致し方ない。

だが、肌は白くてすべすべしているし、髪は黒々としてつやがある。年相応のかわいらしさがある。

お光の魅力はその性格なのだ。いつもにこにこしていて穏やかで、いっしょにいるとほっとする。よく気がついて働き者で、まわりを思いやることが出来る。

そういうお光のよさに気づかない男など、ろくでもない奴に決まっている。こっちからお断りだ。日乃出は、定吉にそう言ってやりたかった。

「この前、おとっつぁんが勧める人と会ったの」

「それで、どんな人だったの」

「よく覚えてない。だって、全然しゃべらないんだもの。ずっと下を向いていて、あたしの顔もろくに見なかった。おっかさんも、あれじゃあ商売には向かないなぁって言ってくれたのに、おとっつぁんはあたしがもっといろいろ話しかけないからだって怒るの」

お光は大きなため息をついた。

「大丈夫だよ。定吉さんは熱しやすく、冷めやすいから。今は、お光さんの縁談に夢中になっているけど、そのうち熱が冷める。別のことに気持ちが向くよ」

そう言って日乃出はお光をなぐさめた。

しかし、定吉は本気の様子だった。

なんとかお光の縁談をまとめたいと願っていた。その思いは思わぬ方へ向かった。

ある日、定吉がふらりと浜風屋にやって来た。

「勝次さん、悪いが、ちょっと話があるんだ。いいかねぇ」

いつもとは違う、難しい顔をしている。勝次も仕事の手を止めて、裏に出て行った。

日乃出と純也はきっとまた、新しい店の話だと思った。

突然「ええ？　そっちの話なんですか？」という勝次の驚いた声がした。

「いやいや。そんなことはありません。そういう話はないです。違います。それは見当違いといいますか。全然、そうじゃなくてですね」

「だからよぉ。あんたはそのつもりでなくてもさぁ」

定吉は長年、店先で客を呼んでいたせいか地声が大きい。がらがらとしてよく通る声をしている。勝次の声も低いがよく響く。

二人とも興奮してだんだん声が大きくなった。

純也が足音をしのばせて裏の戸に近づいた。隙間からそっと外をのぞき見る。手だけで日乃出を呼んだ。

定吉の後ろ姿が見えた。その向こうに頭一つ大きい勝次の顔がある。

勝次が額に汗をかき、顔を赤くして何か必死に弁解している。

「ですから、お光さんとは、ですね。いきなり、そんな風に言われても」

純也が日乃出の方を見た。

――聞こえた？

目顔でたずねた。

たしかにお光は勝次に夢中だった。けれど、それは一年以上も前のことで、もともと勝次にはそういう気持ちはなかったし、お光の方も勝次の話をしなくなった。

今、お光はどう考えているのか、日乃出も純也も気になっている。

二人のやり取りはしばらく続いた。真剣な顔で首を横にふったり、うなずいたり、最後は定吉が勝次の肩をたたいて終わった。

日乃出と純也は元の場所に戻り、仕事を続けているふりをした。戻って来た勝次の顔がけわしい。

「勝さん、何の話だったの？」

純也が何気ない風を装ってたずねる。

「あ、いや。なんでもない。純也には関係がない」

また、外に出て行ってしまった。井戸端で水を流す音がした。顔を洗っているらしい。

その日を境にお光は浜風屋に来なくなった。今まで毎日のように顔を出し、いっしょにお菓子をつまんだり、おしゃべりしたり、時には煮物を届けてくれたりしたのに、ぴたりと姿を見せなくなった。そればかりではない。日乃出が夜、三河屋の二階の自分の部屋に戻っても、お光は簡単な挨拶をするだけで、今までのように襖を開けて近づいて来ることはなかった。

純也が日乃出にそっと耳打ちした。

「お光ちゃんと定吉さん、親子喧嘩したらしいのよ。もう何日も口をきかないんだって。原因はこの前の勝さんとの話し合いらしい」

しばらくして、日乃出は街中でお光にあった。

夏の強い日差しが足元に黒い影を作っていた。

お光はお茶の稽古の帰りらしく、花乃といっしょだった。

「日乃出ちゃん、ちょっといい？　話があるの」

お光が言った。

日乃出とお光は花乃から別れて、坂道を上った。坂の上には小さなお寺があり、お堂の周りは木陰になっていて、さやさやと涼しい風が吹いていた。縁側に並んで座ると遠くに光る海が見える。

「お光さん、しばらく浜風屋に来なかったね」

「うん」

「定吉さんと喧嘩したんだって」

「うん」

お光は自分から誘っておいたくせに、なかなかしゃべりだそうとしなかった。とうとう心を決めたように言った。

「ごめんね。日乃出ちゃん。おとっつぁんが先走って変なこと言うから、あたし、恥ずかしくて浜風屋に行けなくなったの」

お光が見合いの相手に冷たかったのは、誰かほかに思っている人がいるからではないかと定吉はたずねた。

「だから、あたしは、そんなんじゃない。あの人は顔もあげなかったからだ。それにあたしはまだ所帯を持ちたくないって答えた。でも、おとっつぁんは信じてくれなかった。そんなこと、ある訳ない。娘というものは花嫁にあこがれるものだ。周りがだんだん嫁に行って、かわいい子供なんかが出来て幸せそうにしていたら、早く自分もそうなりたいと思うものだ。お前のおっかさんは、お前の年には所帯を持っていた」

定吉が何かたずねる時には、すでに自分の中に答えがある。お光が何と言おうと、その気持ちはゆらがない。定吉は、お光の思う男というのに当てがあった。

「それが、勝次さん？」

日乃出がたずねた。

お光は頬を染めて小さくうなずいた。

定吉はお光が思わしい返事をしないので、直接、勝次に確かめに行った。もし、その気持ちがあるならば応援しよう。金のことなら心配はいらない。自分達が援助してもいい。

「ひどいでしょう」

日乃出も思わずうなずいた。

たとえ親でも、いや親だからこそ、娘の文箱《ふみばこ》を勝手に開けて中をのぞくようなことをしてはいけないのだ。

おっちょこちょいにもほどがある。

「勝次さんはびっくりして、自分には全くそんな気持ちはありませんって答えた」

もったいないお話です。浜風屋はやっとなんとか店が回るようになった状態で、自分もまだまだ未熟です。所帯を持つなどとんでもない。お光さんにふさわしいのは、生まれもよく、頭もきれる、どこに出しても恥ずかしくない立派な方でしょう。このお話はもうこれきりにしてください。

誠意をこめて返答した。

乙女心の分からぬ定吉は、勝次の返事をお光にそのまま伝えた。

『自分には全くそんな気持ちはありません』

分かっていたことだが、お光は傷ついた。

「あたしはね、勝次さんのことはもう、きっぱり諦めているの。勝次さんの心はあたしには向いていないし、これからも向くことはない。それははっきり分かっているの。勝次さんだってそういう風に接してくれている。それなのに、なんで、関係のないおとっつぁんがしゃしゃり出て来る訳？　ひどいじゃないの」

お光は悔しくて、恥ずかしくてならないという顔をした。

「あたしが縁談に乗り気じゃないのは、それとは全然違う理由があるの」

足元の小石を蹴ると、カタカタと音を立てて坂道を転がり落ちていった。空の高いところでトンビが鳴いている。静かな午後だ。

「あたしは一人娘だから婿さんをとることになるでしょう。所帯を持つと言っても今までの暮らしとほとんど変わらないのよ。おとっつぁんやおっかさんと同じ家に住んで、お婿さんは三河屋の仕事をして、あたしもそれを手伝う」

定吉は言った。今まで通りお茶でもお花でも、稽古に通えばいい。芝居見物もいいだろう。子供が出来て大変なら、女中をつければいい。

店の仕事は婿にまかせ、自分は家の中のことだけをしていればよい、そういう暮らしだ。

「あたしはそういうのが、嫌なの」

お光は強い目をした。

「そう言われたら、もう、あたしの一生が分かったようなものでしょう。子供が生まれておとっつぁんの喜ぶ様子とか、もっとずっと先のおばあさんになったあたしが三河屋の奥の座敷に座っている様子まで見えた気がした」

「それって幸せなことじゃないの?」

日乃出は言った。波風のない平和な一生。それ以上、何を望むというのだ。

「本当にそう思う?」

お光は日乃出の顔をのぞきこんだ。

「日乃出ちゃんは、そんなあたしの人生をうらやましいと思う? 自分の一生と取り換えたいと思う?」

日乃出は言葉に詰まった。

父の仁兵衛が生きていて、橘屋が続いていたら。

今頃、日乃出は親の決めた人と一緒になって子供を抱いていたかもしれない。それが当たり前だと思って、何の疑問も持たなかっただろう。

けれど、日乃出は今の、浜風屋の暮らしを知ってしまった。

もちろん大変である。

売れない日もあるし、お客に理不尽なことを言われる時もある。毎日菓子を作っていても、今日はまぁまぁよく出来たという日はひと月に一度、いや三月に一度もない。朝は早く、夜も晩い。仕事場は冬は寒く、夏は暑い。水仕事で手は一年中荒れて、おしゃれとは縁遠い。

それでも、毎日に確かな手ごたえがある。自分で決めて、自分で進む。困ったことがおこったら自分の力で解決する。不思議なことに、じたばたしていると誰かが手を貸してくれるし、なにか解決法が見つかるのだ。

「日乃出ちゃんが、初めて浜風屋に来た時のこと、あたしよく覚えている。泣きそうな顔をしていた。こんな小さな子供に何ができるんだろう。きっとすぐに音をあげるに違いないって思った」

お光は遠くを見る目になった。

「でも、日乃出ちゃんは頑張った。一つ、何かを乗り越えるたびに強くなって、生き生きとして来た。ああ、こんな風に人は変わるんだって思った。だから、あたしも日乃出ちゃんのようになりたいの。もちろん、あたしには日乃出ちゃんみたいな大きな力はないわ。それは分かっている。でも、あたしにも何か出来ることがあるはず。あたしにしか出来ないことをしたい。自分らしく生きてみたい」

日乃出はお光の女の子らしいふっくらとした顔をながめた。黒い瞳がきらきらと輝いている。

「お光さんがそんな風に考えているとは思わなかった」

「誰にも言っていないもの」

はにかんだように笑った。

「何をしようと思っているの？」

「まだ、よく分からない。でも、そう思っていると、目に見えるものが違って来る。これだっていうものが、分かるような気がする」

日乃出は顔をあげて遠くの海を見た。光を受けて銀色に見えた。白い入道雲が力強く空に伸びている。

「お光さん、なにか出来ることがあったら教えてね。手伝うから」

日乃出が言うと、お光はうれしそうにうなずいた。

お光の縁談をめぐる定吉の熱は少し冷めたようである。その分、浜風屋の新店についての思いが熱くなった。頼みもしないのに、あちこちの店を探してくる。場所がよければ値段が高い。値段が安いからといってとびついてはいけない。事故があったとか、裏の家が極端に口うるさいとか、問題を抱えていることもある。ここなら、と定吉が勧めた店は、今まで三軒店を出し、三軒ともすぐつぶれてしまっていた。きっと何か障りがあるに違いないとお豊が言い出し、立ち消えになった。そんな訳で、なかなか思うような店がみつからない。

一番問題なのは水だ。

おいしい餡を炊くためには、いい水が必要なのだ。ことにこし餡を作る時には、皮を取り除いたり、さらしたりするために大量の水を使う。だが、横浜は海岸を埋め立てた土地だから井戸水に塩気が混じることが多い。浜風屋の元の店主の松弥が坂の上の方の不便な地に店を出したのも、良質な水が理由だった。

そんなこんなをしているうちに、夏も終わりに近づいた。

関内の馬車道通りを折れた住吉町に空き店がでたと、純也が聞いて来た。三河屋からもほど近い所にある、古い二階家である。

間口が狭く、奥に細長い店で、西洋館のように高くとんがった屋根がある。かなり古くてあちこち手を入れなければならないが、その分、店賃も安く、広さも手ごろだ。裏手に井戸があり、どういう訳かその水は塩気が混じらず、おいしい。

「願ったり、かなったりの店だなぁ」

定吉は自分のことのように喜んだ。

純也はとんがり屋根が気に入ったらしく「ちょっと大工さんに入ってもらえば、しゃれた店になるわよ」などと言っている。勝次も納得して話がすすんだ。

勝次と純也は今まで通り店の二階に寝泊りし、日乃出は馬車道の三河屋の店の奥の部屋が空いているというので、そこに住まわせてもらうことになった。

大工は定吉の知り合いの湊組《みなと》に頼んだ。

打ち合わせの日、断髪に洋服の若い男がやって来た。

「へぇ。あんた、大工なの」

純也が目を丸くした。

大工の棟梁というから、もっと年長で粋な長羽織を着て来るかと思ったのだ。

希平《きへい》と名乗る棟梁は背が高く、がっちりとした体格で、肌は漁師のように日に焼け、髪は茶色い。年は二十八だという。

「髪が茶色いのは潮風のせいですよ。海釣りが好きで、暇な時は漁師の船に乗せてもらっているからね」

笑うと白い歯がこぼれた。

洋服を着ているのは、役人や外国人の技師とも仕事をするからだ。希平は百人ほどいる大工や左官の指揮を執り、吉田橋の鉄橋の建設にもかかわった。今は新しくできる鉄道の駅舎の仕事をしている。

「浜風屋さんの話は聞いていますよ。アイスクリンを売りだした時は食べに行ったし、園遊会《えんゆうかい》の菓子もよかった。白柏屋との競争も話題になっている。そういう店の仕事なら、自分が手掛けたい。やらせてくださいって、親父に頼んだんです」

希平は身軽な様子で店の中と外をあちこち点検して回った。

「ちょっと日当たりが悪いな。せっかく屋根が高く出来ているんだから、ここに明かり取りの窓をつけたらどうですか。風も入るし、臭いがこもらないからいいですよ」

明かり取りの窓とは何だ。三人は目を白黒させた。希平はていねいに説明してくれた。

竈の前に来ると首を傾げた。

「難しいな。この竈は三人が使うんですね。勝次さんに合わせると日乃出さんには高すぎるし、日乃出さんに合わせると勝次さんがかがみ込むようになって使いづらい。主に使うのは誰なんです」

「竈の高さは変えられるものなの？」

日乃出はたずねた。

「もちろん。道具に人を合わせるのじゃなくて、使う人に合わせた方がいいですよ。その方が楽だから」

三人はそれぞれ自分の仕事を書きだし、どう動くのか説明した。

勝次は餡を炊き、煉る。純也は羊羹の担当。日乃出は菓子も作るが、お客が来たら応対に出る。水をくむのは三人の仕事。洗い物も三人の仕事。自分が使った道具は自分で洗うことになっている。

「なるほど、なるほど。そうすると、竈をここにおくと動きに無駄がないのかなぁ」

図を描いて考えている。

「動線というんです。無駄な動きがなければ疲れない。仕事も早くすむ」

希平の考えは合理的で、使う人のことを第一に考えている。

「いちいち言うことがかっこいいわねぇ」

純也はうっとりとした目をした。

「定吉さんはいい人を頼んでくれた。頼りになるよ」

勝次も喜んでいる。日乃出も店が出来るのが楽しみになった。

三日ほどして希平は新しい店の様子を図に描いて持って来た。

「日乃出さんは西洋菓子の勉強をしたというし、純也さんも外国にいたことがあるんでしょう。少し変わった菓子屋にしてもいいんじゃないかと思いまして」

土間は土ではなく石を敷く。

こうすれば、ほこりもたたないし、汚れたら水を流して落とせる。

「道を石畳にしたでしょう。あれを店でも使うんです」

希平は言った。

横浜の都市計画をしたのはイギリス人の技師だった。道は碁盤の目のようにまっすぐ、大通りの道幅は二台の馬車がゆうゆうすれ違えるほど広くし、土ではなく石を敷いた。

ロンドンやパリなど、欧州の都市の道はみんな石だという。

それまでの日本の道はどこも土で、雨がふるとぬかるんで、乾くと土ぼこりが舞った。

石の道が出来た当初は、下駄の歯がすりへって困るなどと文句を言っていた人々も、すぐに石の道のよさに気づいた。

「冬は冷えるのが難点ですが、衛生的です」

希平は、また新しい言葉を使った。

「衛生的。つまり、伝染病などの心配が少ないという意味です」

「なるほど」

勝次は大きくうなずいた。

食べ物屋にとって一番の心配は、伝染病だ。毎年夏になると、食あたりにかかる人が増える。とくに幼い子供が危ない。

いよいよ店の改造がはじまった。希平は最初に古い壁も天井も全部取り払った。店は骨組みだけになった。そこに柱を建てるために材木を運び込んだ。

希平は梯子《はしご》を軽々と上り下りして、大工に指示を出している。ある者は柱の長さを測り、ある者はのみで穴をあけ、ある者はかんなで削る。削られた木が薄い皮のようになって長くつながってひらひらと出て来るのが面白くて、日乃出はかんなを使う大工の脇に立って、ずっと仕事を見ていた。

勝次も純也もお光も、暇を見つけてはやって来た。

少しずつ店が出来て来るのを見たいということもあるのだが、一番は希平と話をしたいからだ。日本で二番目の鉄の橋が吉田橋。それを手掛けたのは希平達だ。新橋から横浜に通じる陸蒸気の駅舎も関わる。九月には、海岸通りに石油灯がつく。その工事もしているのだ。

その日は日乃出とお光で握り飯とおかずを持って来た。勝次と純也もやって来た。希平達は仕事の手を休め、丸くなって座った。

塩結びに希平は真っ先に手を伸ばす。希平の大きな手の中で塩結びは小さく見えた。

「うまいなぁ」

ひとくち食べてそう言うと、次々と手がのびた。

希平はおいしそうに食べる男だった。いつもの玉子焼きも煮しめも焼き魚も希平が食べると、ごちそうに見えた。みんな気持ちいいほどの食欲で重箱はたちまち空になった。作った日乃出はうれしくなった。

「吉田橋の話を聞かせてくださいよ」

勝次が希平に言った。

「そうですか？　面白い話になるかなぁ」

希平は少し照れた。偉ぶらない男なのだ。

みんなに促されて話し出した。

「あれは、本当に大変な仕事だった。最初は断ろうかと思ったんです。だって初めてのことだったし、運河の土手に深い穴を掘って柱を埋めるっていうんだから。でも、イギリス人の技師が言ったんです。日本の鉄の橋は一番目が長崎、二番目がこの横浜の吉田橋。木で造った橋は五年後、十年後に建て替えなければならなくなる。だが、鉄の橋は百年持つ。あなた達の仕事は歴史に残り、地図に描かれる。この国の形を作る仕事だ。その言葉にぐっと来た」

吉田橋は、三角形の骨組みを組み合わせるトラス構造を用いた。それは日本で初めての工法だった。大きな重たい鉄の橋を支えるために、最初にしたことは川岸の泥土に杭を打つことだった。

「大人の男が五人、両手を広げて並んだくらいの深さまで杭を打つんです。川の岸は泥が積み重なった土地だから、土壌が軟弱でちょっと掘れば水がしみてくる。そんな所に、どうやって杭を打ち込むのか。穴を掘っている間に土の壁がくずれて来たらどうするのか」

危険な仕事だった。

「だけど、イギリス人の技師が優秀な人でね。俺達にちゃんと説明してくれた。どうしてその仕事が必要なのか。どういう手順で作業を進めるのか。何度も同じような質問をしたけど、そのたびにていねいに答えてくれた。変なことを聞いても笑ったり、馬鹿にしたりしなかった」

橋は人の命を守らなければならない。大火事が起こって、火に追われた人々が橋に押し寄せるかもしれない。大水が出れば、上流から運ばれて来た石や木が橋桁にぶつかることもあるだろう。それらに耐えられる橋でなくてはならない。

自分達が作った橋が簡単に壊れるようなものであれば、日本の人々は鉄の橋を信用しなくなるだろう。今まで通り、木の橋で十分だと思ってしまう。だから、一つの失敗も許されない。絶対の上に、絶対でなければならない。

「今までそういうことを、あまり考えたことがなかった。こう言っちゃうと語弊があるけど、なんか形になればいいかな、施主さんが喜んでくれればいいかなって、そのくらい。あの吉田橋を造って、俺は仕事ってものの考え方が変わった。人の命を守るものだって気づかされた」

「それは橋や駅だけでなくて、普通の家でも？」

日乃出はたずねた。

「もちろん。人が一番安心していたい所は自分の家だからね。地震、火事、大水。いろいろなことを考えてあげるのが、こちらの仕事だ」

希平は日乃出にやさしく答えた。

「それで吉田橋の仕事の後、俺は髷を切って洋服になった。トーマスさんっていうのが、そのイギリス人の技師の名前なんだけど、その人にずっとついて仕事をして行くことを決めた。できる限りのことを学んでいきたい」

「希平さんは外国語が出来るんですか？」

お光がたずねた。

「少しですけどね」

照れたように言った。

きっかけは、イギリス人の家を建てたことだった。

「清国人の通詞《つうじ》とは筆談なんです。清国の人はすごいですね、難しい漢字をたくさん知っている。こっちは寺子屋もろくに行かずに海で遊んでいた方だから、その字が読めない。仕方がないから注文主のイギリス人と図を描いてやりとりした。漢字を覚えるのも、英語を覚えるのも同じだと思って勉強したんですよ」

そのイギリス人が紹介してくれて仕事が増えた。左官や石工の方も面倒を見てくれといわれて指揮をとるようになった。そんなことがあって、トーマスと知り合った。

「トーマスさんは日本の職人は優秀だ。怠けないでまじめでよく働く。朝、決まった時間に来るって褒めるんですよ。そんなの当たり前じゃないですか。みんなが勝手に自分の都合でやって来たら、仕事にならない。そんな所あるんですかって聞いたら、あるって言われた」

五日で出来ると約束したのに、十日過ぎても工事が終わらない。床板にくぎを打つのを忘れて床が抜けた。最初の計算がいい加減で、柱の高さが足りなくなった。そんなことが当たり前の国もある。

「トーマスという人は、俺の知っている人かもしれないな。奥さんは日本人ですか？」

勝次がたずねた。静かな声だった。

日乃出も気づいていた。

勝次の幼馴染みに沙和《さわ》という娘がいた。武家の娘だったが不幸な出来事があって、行方知れずになっていた。勝次は沙和という娘がずっと気になっていた。横浜の鷗輝楼で遊女になっていたことを知って苦しんだ。

その沙和を身請けした男の名がトーマスだった。

「よくご存じですね。先日、別の打ち合わせで家に伺ったら、奥さんがお子さんを連れて挨拶に出て来ました。三人ともとても仲よさそうでね、トーマスは日本や日本人のことが好きなんだと思ってうれしくなった」

「そうですか。それはよかった」

勝次は言った。おだやかな顔をしていた。

沙和のことは、勝次の中で決着がついているのだろう。日乃出はそんな風に思った。

その日、日乃出がお光と工事中の店をたずねると、ちょうど天窓を取りつけた所だった。

「ここから港の方まで見えますよ。のぞいてみますか」

梯子の上から希平が言った。天井には四角い穴が開いていて、そこに木枠が取り付けてある。今は木の扉だが、ガラスを入れて光が入るようにするのだ。

「見たい、見たい」

日乃出は手をたたいた。

「大丈夫？　危なくないの」

お光は心配そうな顔をした。

「大丈夫ですよ。梯子は俺が下でしっかりと押さえていますから」

希平が梯子を降り、代わりに日乃出が上った。天井から頭だけ出すと、目の前に前の家の屋根があり、そのずっと先に海が見えた。何艘も黒船が停泊している。まわりには荷物を運ぶためのはしけ船が浮かんでいる。

「こんなに海が近かったんだ」

日乃出は言った。

「高さが違うと見える景色が違うでしょう。フランスの旗が見えますか？　あれがフランスの役所」

希平が梯子を上って来た。日乃出のすぐ後ろに立って腕を伸ばしたので、日乃出は希平の腕の中に包まれたようになった。

潮の香りがした。

日乃出は急に胸がどきどきして、自分で顔が赤くなるのが分かった。

それは初めての感覚だった。

今まで純也の隣に寝そべって黄表紙を読んでいても、勝次の隣で餡を煉っていて腕がふれても何とも思わなかったのに。

「ずっと左の方が空き地になっているでしょう。あそこが駅になるんです。ここは高い建物がないから、ずいぶん先の方まで見えるんですよ」

「すごい。きれい」

日乃出は口だけで答えた。このままずっと希平の傍にいたい気持ちと逃げ出したい気持ちがごちゃまぜになって足が震えて来た。

「気をつけてね」

お光の声がする。

「ありがとうございます」

日乃出は足を踏み外さないよう、ゆっくりゆっくり降りた。まだ胸がどきどきして、足に力が入らない。

「日乃出ちゃん、顔が真っ赤よ。やっぱり怖かったんでしょう」

お光に言われて、日乃出は顔があげられなくなった。

その日から、日乃出は希平のいる店に行けなくなった。

そのことはすぐに純也に気づかれた。

「あんた、この頃、あっちの店に行かないじゃないの。どうしたのよ」

「うん。別に理由はないけど」

純也は「ははん」と言ってにやりと笑った。

「希平さんのこと、好きになったんでしょう」

「違うよ。そんなの」

あわてて答えた。自分でも顔が赤くなるのが分かった。

「いい男だもの、無理ないわ。でも希平さんは大人の男だから、日乃出みたいな子供には手が出ない。まるで相手にされていないと思うわよ」

「分かっているよ」

日乃出は口をとがらせた。

大工や左官は男の仕事だ。その日の仕事が終われば、若い者を引き連れて飲みに行くのはいつものこと。やれ棟上げだ、完成だと宴会も多い。大きな仕事になれば芸者をあげて宴会で、それから吉原に流れて、ということになる。湊組の若旦那ともなれば女達がほっておくはずがない。どこそこの姐さんが希平にぞっこん。いや、本命はそこではなく……と浮き名が流れているという。

それぐらいのこと、純也に聞かされなくても日乃出の耳に入っている。

「あんたには、まったく色気ってものがないから。色の黒いのはしょうがないとしても、もう少し肉がつかないとねぇ」

純也は日乃出をじろじろと見た。どうしてそう、気にしていることばかり言うのだ。純也の意地悪。日乃出はふくれた。

ようやく日乃出が店に顔を出すことが出来たのは、お光が誘ってくれたからだ。

「今日は仕事場が出来上がる日でしょう。勝次さんも純也さんも見に行くって言っていたわよ。あたし達も行きましょう」

お光は「お菓子屋さんに失礼と思ったけれど」と白玉を用意して来た。日乃出は店の近くに行くと、胸がどきどきして来た。少し前までは、そんなことはなかったのに。

「あれ。日乃出ちゃん、久しぶりだね。忙しかったのかい。あんたのおやつが恋しかったよ」

年かさの職人が日乃出を見つけて言った。

「あ、ごめんなさい。ちょっと、いろいろね」

最後の方は口の中でもごもご言って中に進む。

しばらく見ないうちに店の形が整っていた。床も壁もあらかた出来上がって、これから土壁を塗ったり、床に石を張る仕事にかかるのだろう。仕事場になる奥の部屋から勝次と純也の声がした。

「もう少しだけ、高くならないかなぁ」

勝次の声だ。

「そうですねぇ」

希平が答える。

日乃出達が入って行くと、希平が振り返り、目があった。

「ちょうどいい所に来ましたよ。今、作業台の高さを決めているんです。勝次さんの背に合わせると、日乃出さんはやりにくくないかなぁ」

日乃出は作業台の前に立った。台は腰骨の上まで来る。かなり高い。

「分かった。こうしましょう。一人一人、自分用の作業台を持つ」

「広く使いたい時は、どうする？」

「うーん。その時はですねぇ」

希平と勝次は熱心に語り合っている。日乃出は並んで立っている二人の後ろ姿を眺めた。背は希平の方がこぶし一つ分ほど高い。肩幅は勝次の方が広い。

希平は今日もざっくりとした粗い布で仕立てた洋服を着ていた。上着は襟が少し高くなっていて、髪を短く刈った襟足をすっきりと見せている。丈は腰が隠れるほどの長さでズボンはゆったりとしている。革の靴は茶色。頭が小さく、足が長く、背筋がぴんとのびている。

日乃出は希平から目が離せなくなっていた。

いや。そうじゃない。

希平がどこにいても、日乃出の目に入って来るのだ。

「おやつ出したいな」

お光が言って、裏の井戸端に行った。白玉団子を井戸水で冷やして椀に分け、きな粉と黒蜜をかけた。

声をかけると職人達も手を休めて集まって来た。希平は日乃出の隣に座った。

「はい。希平さんの分」

日乃出は椀を手渡した。

希平はしばらく眺め、それから天窓からの光にかざし、お光にたずねた。

「きれいだなぁ。初めて見たけど、これは何ていう食べ物なんですか？」

「白玉団子っていうんですけど。でも、別に珍しい物じゃないです。ふつうのおやつで、どこの茶店でも食べられます」

お光が困ったような顔をした。

「いやあ。そうですか。家では甘いものをあまり食べないから。おやつといえば、ふかした芋とか握り飯とか、とにかく腹にたまるものなんです。これが白玉かぁ。名前だけは聞いていたけど、きれいだなぁ。こんなにきれいなものだとは思わなかった」

希平は低くよく響く声をしていて、ちょっとした一言も日乃出の胸の奥まで伝わって来る。

きな粉と黒蜜のかかった白玉団子は冴え冴えとした光を放って、白く輝いていた。見慣れた白玉団子が、初めて見る物のように思われた。

「ひんやりとして、二日酔いの体には気持ちいいなぁ」

一人の職人が言ってみんなが笑った。

白玉粉というのは、もち米を何度も水でさらし、水をきって細かく砕き、乾燥させたものだ。水の冷たい寒の時期に作ったものが上等とされ、寒さらし粉の名前もある。

もち米は餅につかないと食べられないが、白玉粉にしておくと水で練って少し火を加えるだけで食べられるし、乾物として長期の保存が出来る。戦国時代には白玉粉をいざという時の食糧として備蓄していたそうだ。敵が攻めて来た時には白玉粉を油紙で何重にも包んで川の底に沈めて隠し、敵が去った後、引き上げたという話も聞いたことがある。

「もち米から作るのかぁ。だからだなぁ。やさしい味で懐が深い。みそ汁でも甘い物でも、なんにでも合いそうだけど、ちゃんと自分を持っている。それでもって相手を引き立てる」

希平が言った。

「白玉なんて、ありふれたものなのに。そんな風に言っていただけてうれしいです」

お光がまた恥ずかしそうに言った。

日乃出は希平の顔をそっと見た。希平は楽しそうに笑っていた。希平がいる場所はどこも光があたっているように華やいで見える。それは日乃出が、そう思うだけなのだろうか。それともだれもがそんな風に思っているのか。

希平と目があった。

日乃出は恥ずかしくなって目を伏せた。


それからしばらくして、新しい店は出来上がった。

日乃出達はまっさらな店に足を踏み入れた。

藍に白地で抜いた「浜風屋」ののれんをくぐって木の香りのする店の中に入ると、天窓からの光に包まれる。天窓から降って来た日の光は饅頭の皮をいっそうふっくらと、上生菓子の色を鮮やかに見せた。

「なんだか芝居小屋の舞台に立っているような気がするわ」

純也はそう言ってしなをつくった。

「本当はここにガラスのケースをおいて菓子を並べるといいんですけどね」

希平は言った。

ガラスケースは高くて手が出なかった。

その日はささやかな祝いの席ということで、日乃出達は焼き魚や煮しめ、玉子焼きを用意した。美浜堂の若主人や万国新聞の記者の竹田も次々と顔を出し、定吉が贈った樽酒を開けて宴になった。知り合いや馴染み客が次々集まって、気がつくとお客は入口の土間からあふれ、板の間もいっぱいになってとうとう店の前に床几をおいて酒盛りをするほどになった。

勝次や純也も最初は挨拶をしたり、酒を運んだりしていたが、そのうちに腰を据えて飲み始めた。日乃出とお光が二人で酒を運んだり、料理を取り分けたりした。希平はどこにいても目立った。希平の周りにはいつも誰か人がいた。希平は話の中心で、みんなが希平と話したがっているように見えた。

夜になっても、まだ新しいお客がやって来た。

酒はたっぷりある。だが、食べ物が足りない。ゆうべたくさん用意したはずの煮物もおひたしもとうに終わってしまった。日乃出は困って勝次と純也を捜した。純也は万国新聞の竹田を相手に何か楽しそうにしゃべっている。勝次は美浜堂の若主人から、何か教わっているらしい。何度もうなずいている。

お光が部屋の隅でお茶を飲んでいた。

「どうしよう。食べる物がないよ」

日乃出はお光に助けを求めた。

「こういう時はなんでもいいのよ。白菜漬けとかたくわんはないの？」

お光がたずねた。

「少し持って来たものがあったけど、さっきみんな出してしまった」

「分かった。ちょっとご近所に頼んでみるね。竈に火を入れておいてね」

お光は裏口から出て行き、しばらくして大根を抱えて戻って来た。

掘りたての大根はまだ土がついている。緑の葉こそ元気そうだが、根は小さく丸い。

「これだけ?」

「大丈夫、大丈夫」

お光は水で洗った大根のしっぽの方を切って自分と日乃出の口に入れた。

「辛ぁい」

日乃出は涙目になった。

「ねずみ大根の仲間じゃないのかな。信州のおっかさんの田舎ではそばに添える。辛みそばにすると、おいしいのよ」

お光は大根の皮を厚めにむくと、日乃出に大根おろしにするように言った。

皮は細切りにし、葉もざくざくと刻む。

鍋を火にかけ、油が熱くなったところで大根の皮と葉を入れた。ジャッという音とともに香りがたった。塩をふって出来上がり。

どんぶり鉢に入れて、熱いうちに客の所に持って行く。涙が出るほど辛い大根おろしは塩といっしょに小皿に少しずつ盛った。

「辛いですよ。気をつけてくださいね」

お客はおっかなびっくり箸をつけ、おお辛いと顔をしかめる。だが、それが酒に合うとまた箸をのばす。

日乃出が戻って来ると、お光は竈にさっきの鍋をかけていた所だった。残った大根と葉を入れて湯を注ぐ。お光はどこからか見つけて来たみそを加えた。

「この方法だと、だしを入れなくてもおいしいのよ」

お光が小さく舌を出した。

みんなにみそ汁を勧めていると、入口の方で女達の声がした。

湊組の当主、つまり希平の父親が芸者衆を連れてやって来たのだ。島田に結い、黒留袖で正装した女達がお客に交じると、ぱっと花が咲いたようにその場が華やかになった。

ひときわ目立つ、美しい芸者が希平の脇に立った。どんな上等の生菓子よりもあでやかで、つややかな大人の女だ。日乃出が見てもぞくっとするような色っぽい流し目を希平に送る。耳元で何かささやく。その手首を希平がつかんだ。

見ていられなくなって目を伏せた。

「日乃出ちゃん、疲れたんじゃない？　少し休もう」

お光が部屋の隅に床几をおいて日乃出を座らせた。日乃出はにぎやかな店の様子をぼんやりと眺めた。なんだか、自分だけが祭りの輪の中からはずれてしまったような気がした。

　歌が始まり、三味線が鳴る。手拍子。踊り。

　その間にお光はさりげなくみんなの間を回っていた。酒は十分という人にはお茶をすすめ、大根をくれた家の主人に礼を言い、日乃出と自分用にみそ汁の椀を持って来た。

「お腹空いていない？　あ、そう言ってももう何もないか」

　気がつけば、昼から何も食べていない。

　みそ汁が腹にしみた。

　ひとしきりのにぎわいが収まると、芸者衆と共に男達は出かけて行った。湊組の馴染みの店に行くのか、それとも定吉の知り合いの所か。希平が去り、勝次も純也もさらわれるように出て行った。

　ざわざわいう話し声と足音が遠くに去ると、店は急に静かになった。

　日乃出は力が抜けたような気がした。

「ああ、いい会だったね。よかったね。みんな喜んでいたよ」

　お光が言った。

　残ったのはお光と日乃出の二人。

　風が天窓をたたいている。

「日乃出ちゃん、いいよ。そこでゆっくりしていて、あたし、片付けるから」

お光が皿小鉢を盆に載せはじめた。

「ううん。平気。少し休んだから元気になった」

日乃出も立ち上がり、二人で洗い物をすませ、床をふくと夜中近くなった。勝次や純也が帰って来る気配はない。

戸締りをして、お光と二人、店の二階で寝ることにした。座布団もまだないから、がらんとした二階の畳にそのまま転がって、朝、重箱を包んで来た風呂敷を掛け布団の代わりにした。

鴨居の上の方に引き戸があって、そこを開けると天窓が見える。月の光が落ちて来た。

「ごめんね。お光さん、すっかり手伝ってもらっちゃった」

「いいのよ。今日はそのつもりで来たんだから」

「純也も少しぐらい手伝ってくれればいいのに、ずっと希平さんの隣でお酒飲んで騒いでいた」

「男の人はしょうがないわよ」

お光が笑った。

「おとっつぁんは昔からお客さんが好きで、酔っ払うと家にいろんな人を連れて来たの。最初の店を出したばかりで、本当にまだ、カツカツの暮らしをしていた頃から。だから、あたしはこういうの慣れているのよ」

「それで大根一本であんなにいろいろ料理が出来たんだ」

「ふふ。料理なんてもんじゃないわよ」

お光は小さく舌を出した。

「最初はおっかさんも困って、裏庭にやっと顔を出した小松菜を摘んで汁の実にしたこともあった。だけどね、相手は酔っ払いだから、そんなに気を遣うことないの。ほんと、適当でいいの。かまってほしいだけだから」

「ふうん」

「なんでもいいの。その代わり、声をかけてあげるの。ちゃんと、あたし達がここにいますよ。来てくださってうれしいですよって伝わるように」

お光は微笑んだ。

「おっかさんがよく言っていた。料理屋にはかなわないから、料理屋の真似をしなくてもいいんだよ。塩でも、なんでも、あるもので十分」

そうか。そういうことか。

「それと同じでね。あたし達は玄人さんにはかなわない。だから、玄人さんの真似なんかしなくてもいいの」

日乃出ははっとした。希平を眺めていたことを気づかれていたのだ。

「亭主が白粉《おしろい》の匂いにひかれて出て行っても、朝になれば戻って来る。だから、でんと構えて家を守っていればいいんだって」

そう言ってから、お光は少し悲しそうな顔になった。

「でも、そこの所はどうかな？　あんなにおとっつぁんがあたしの器量のことを気にするんだから、でんと構えていてもダメなものはダメかもしれない」

お光さんはきれいだし、とっても素敵だと言いかけて日乃出は言葉をのみこんだ。もしかしたら、お光も希平を好きになっていたのかもしれない。

「ね、日乃出ちゃん。まだ、お酒少し残っていたよね。飲みましょうよ」

お光が突然言った。

「お酒飲むことあるの？」

「時々。おっかさんと二人の時ね。体が温まってよく眠れるわ」

お光は下におりると、茶碗と酒を抱えて戻って来た。お光はいける口らしく、くっと一息で茶碗酒を半分ほどあけた。

「なんだか淋しいね。明日からはもう希平さんに会えない。駅舎の仕事に戻るんでしょう。勝次さんが言ってた」

そうだった。

明日はもう、希平はここに来ない。今日が最後の日だったんだ。

もちろん同じ横浜にいるのだから、どこかで顔を合わせることもあるだろう。だが、今までのように親しく、気安く話すことはないだろう。

終わっちゃったんだ。

どうして、そのことに気づかなかったんだろう。

もっと話したいことや聞きたいことがあったのに。

日乃出は茶碗のお酒をぐいっと一息で飲んだ。

いろいろなことが思い出された。

「日乃出さんは西洋菓子を勉強したんでしょう」と希平は言った。

「日本の菓子とは全然違うんだろうなぁ。どんどん新しいことを覚えた方がいいですよ。これから日本は大きく変わるから。俺もそのつもり。そうして、時代の一番先を走りたいんだ」

今まで、そんなことを言ってくれた人がいただろうか。これから、そういう人が現れるだろうか。

大事なものをなくしたような気がした。

瞼が熱くなったのはお酒のせいだ。きっとそうだ。

日乃出は風呂敷をかぶって寝たふりをした。


数日後、店の前に「新規開店、浜風屋。名物　かきつばた羊羹。真珠繭」と紅白の幟を立てた。いよいよ、新しい浜風屋の出発である。

朝から次々とお客がやって来た。

かきつばた羊羹は切るとかきつばたの花が出て来るように工夫したもので、表に八橋を思わせる白い飾りをおいた。真珠繭は細くのばした飴を巻いた一口菓子。白柏屋の勝負のために作ったものとは少し違うが、贈答品に使えるようきれいな箱とかけ紙を用意した。

どちらも今までにない菓子なので評判もよく、その日の分はたちまち売り切れた。

翌日は倍の数を作ったが、昼過ぎには売り切れになった。

三日目はさらに数を増やしたが、一日中、お客が切れない。三人ともくたくたになりながら頑張った。

純也が腰をさすりながら奥の仕事場にやって来た。

「日乃出、ごめん。ちょっとだけ抜けるけど、いい？」

「困るよ。そんな」

「だって疲れちゃったんだもの」

「私だってそうだよ。みんな頑張っているんだよ」

「すぐ戻って来るから」

純也は裏口から出て行ったきり、なかなか戻って来ない。帰って来たのは店仕舞も近い頃だ。

日乃出を裏の井戸端に呼んだ。

「落ち着いて聞いてほしいんだけどさ」

純也はいつになく真面目な顔をしている。

「希平さんのことなんだけどね。ああ。どうしよう。何から話をしていいか分からない」


頭を抱えた。日乃出は胸がどきどきして来た。

「だから、何のこと？　希平さんがどうかしたの？」

日乃出は純也のたもとをつかんだ。

「ああ、いいや。あたしからは言えない」

「だから、何なのよ。そこまで言ってだまっているなんて、ずるい」

日乃出がなおもせがむと、純也は深呼吸をした。

「希平さんはお光ちゃんと一緒になるつもりなんだって」

日乃出は水をかぶったような気がした。

「もう一度言って。よく分からないよ。それいつのこと？　どうしてそれを純也が知っているの？」

「さっきお店を抜けた時、三河屋さんに行ったのよ。そうしたら、突然、希平さんが来たの。向こうの親父様もいっしょで、二人とも黒紋付の羽織を着ていた。二人は定吉さんに挨拶に来たのよ。定吉さんもお豊さんもびっくりして大騒ぎ。お光ちゃんも何が何だか分からなくなっていた」

「でも、お光さんは一人娘でしょう。お婿さんをとるって言ってたじゃないの」

声が震えているのが分かった。

「だからぁ。それでもって、お願いだったのよ」

希平は言ったそうだ。

お光さんの笑顔は天下一品です。あんなにきれいな、人の心をなごませる笑顔に出会ったことがない。

大工は男の仕事だから、始終家に男達が出入りする。内弟子を家におくこともある。その中で家を守るのが、大工のおかみさんの仕事だ。みんなの母親のようなものだから、みんなに心を配ってもらいたい。だが、棟梁を差し置いて、表にしゃしゃり出るようなことがあってはならない。つきあいもあるから、女のいる店にもいくけれど、悋気《りんき》は困る。危険が伴う仕事だから、出がけに喧嘩するようなことがあってはならない。

お光のようにおだやかで、さりげなく周りに気を遣うことの出来る人がいい。

一人娘であることは重々承知だが、何も遠くに行くわけではない。同じ町内だ。顔を見たくなればすぐに帰って来られる。自分は一生涯かけて、お光さんの笑顔を守って行くつもりだ。

「定吉さんは何て答えたの？」

「難しい顔になって、すぐには、お返事出来ません。しばらく考えさせてくださいって答えた」

お光は一人娘だ。婿を取って三河屋を継がせる。定吉はそう思い定めていたに違いない。

「きっと断るよね。だってお光さんが嫁に行ったら三河屋を継ぐ人がいなくなる」

日乃出は言った。

「そうかなぁ」

純也は首を傾げた。

「一番大事なのは、お光さんが幸せになることだもの。三河屋をどうするかは後で考えればいいのよ。定吉さんとお豊さんは、そういうところは間違えないわよ。だって、相手が希平さんなのよ」

「そうだね。お光さんならぴったりだ」

日乃出は自分でも顔が強張っているのが分かった。

「あんたもそう思う？　だよね。他の人ならともかく、お光ちゃんなら許すよね」

純也はほっと安心した様子で日乃出の肩をぽんとたたいた。

「さすがだわよ。あの人はお光ちゃんの一番いい所を見てくれたんだもの」

浜風屋のお祝いの会の時、お光の働きぶりを見ていて心が決まったのだそうだ。

「芸者さんと話し込んでいたように見えたけど、ちゃんと見ていたんだ」

「そりゃあ、そうよ。自分の手元だけしか見えない男は棟梁にはなれないわ」

日乃出はそれからのことはよく覚えていない。三人で店を閉めて馬車道通りの三河屋に戻った。

裏口の戸を開けるとお光がいた。日乃出が声をかけるより前にお光が気づいて駆け寄って来た。

「日乃出ちゃん。ちょっと」

袖を引いて裏庭に出た。

「純也さんから聞いた?」

「うん」

「びっくりしたでしょう」

「少し。でも、よかったじゃないですか。おめでとうございます」

頭を下げた。

「まだ、決まった訳じゃないし。ごめんなさい。変なことになっちゃって。あたし、全然そんな気持ちじゃなかったの。だってお婿さんにはなれない人だから。こういう風になるとは思ってもみなかった」

でも、希平はお光を選んだのだ。

日乃出ではなく。

お光を。

ずるい、と思った。

「だけど、おとっつぁんは何て言うかまだ、分からないし。それに、あたし……」

日乃出の口が勝手に動いた。

「そんな風にいろいろ言ってくれなくてもいいです。お光さんが希平さんのことを好きだったのは、ずっと知っていましたから」

お光の目が丸くなった。

「白玉団子を持って来た時から、そうじゃないかと思っていました。希平さん、白玉団子をとっても気にいってましたよね。それから、お祝いの会の時も。私はまるで、お光さんの引き立て役でした」

違う、違うのよ。お光が小さな声で言った。

一度言い出すと、言葉は止まらなくなった。

「本当はお光さんと希平さんは前から、二人で話をしたりしていたんじゃないんですか。だって、そうじゃなかったら、いきなりあんな風に来たりしないでしょう」

お光は泣きそうな顔になった。

もういいじゃないか、やめとけという気持ちと、もっともっと言ってやれという気持ちがぶつかり、渦になって日乃出の体の中をぐるぐると駆けめぐった。

最低な自分。

だけど、口は勝手に動く。止められない。

「お光さんは私のこと、笑っていたんじゃないんですか。希平さんは全然相手にしていないのに、勝手にのぼせて夢中になって、顔を見に行くことも出来なくなった。

そういうかっこ悪い私のこと、笑っていたんでしょう。全然、相手にされていないのに。まるで分かっていないで、一生懸命になって。変ですよね。おかしいですよね」

ぱちん。

お光の手が鳴った。

日乃出は駆け出した。三河屋の裏木戸を抜け、外に飛び出した。真っ暗な道を走った。涙が出て来た。悔しいのと情けないのと、みじめなのと。胸の奥がひりひりする。

こんなことを言うつもりじゃなかった。

全然、そうじゃなかった。

よかったねと一緒に喜ぶはずだった。

どうして、あんな風に棘のある言葉を投げつけたんだろう。

嫌なやつ。

大っ嫌いだ。

気がついたら以前の浜風屋に来ていた。明かりの消えた店が暗闇の中にうずくまるようにあった。戸は閉まって中には入れない。日乃出は仕方なく、膝をかかえ、軒下に座り込んだ。ぐっと握ったこぶしに涙がぽたぽたと落ちた。のどの奥が辛くて咳き込んだ。奥歯を噛みしめているのに、ぐすぐすと声になった。

転んだ時に下駄はどこかにとんで行ってしまった。足は裸足で、石を踏んでどこかが切れているのかもしれない。

ズキズキと痛む。

でも、胸の方がもっと痛い。

お光の心には、まだ棘が刺さったままだろうか。

日乃出は自分の膝をぐっとつかんだ。


「ばっかじゃないの。あんた」

そういって迎えに来たのは純也だった。

「もう、みんな心配して大変だったのよ」

立ち上がろうとしてよろけた。ずっと同じ姿勢をしていたので、足がしびれていたのだ。

「ひどい顔。べっぴんさんが台無しよ」

純也が濡れ手ぬぐいで顔をふいてくれた。

「ごめんなさい」

「それはあたしじゃなくて、お光ちゃんに言ってね」

通りに出ると勝次が提灯を持って立っていた。

「歩けるか?」

勝次がたずねた。提灯の明かりは日乃出の傷だらけの足を照らしていた。

「平気」

「そうか。じゃあ、頑張れ」

勝次が言った。日乃出は足を引きずりながら歩いた。

しばらくして、勝次がたずねた。

「日乃出はこれから先も菓子を作って行くつもりか？　もし、好きな男が出来て、菓子を止めてくれと言ったらどうする？」

「そんなの、今はわからないわよね」

純也が言った。

一瞬、希平の顔が浮かんだ。それがお末ちゃんの顔に変わった。日乃出は菓子を作らない自分を想像することが出来なかった。お末ちゃんのように、好きな人のために何もかも捨てることは出来ない。

「なにがあっても、菓子は作り続けて行く、と思う」

「そうだよ。日乃出はそういう娘だわ」

純也が言った。

「そうだとすると、これから苦労するかもしれないなぁ」

勝次は低い声でつぶやいた。

「どうして？」

純也がたずねた。

「だってそうだろう。人を好きになるのは心の問題だけど、所帯を持つかどうかは家の問題だから。自分のことだけ考えていたら決められない。普通の男なら、嫁さんになる人が家を守ってくれるか、両親を大事にしてくれるか、ちゃんと子供を育ててくれるかを考える。日乃出みたいに菓子のことしか考えてない娘は、心配だ。本人がいいと言っても、親が嫌がるかもしれない」

「勝さんなら、菓子しか考えていない娘は嫁さんにしない？」

純也が聞いた。

「俺はともかく、普通の男は考えるだろうなぁ。赤ん坊が泣いていても、自分のことを先にするようだったら困るから」

「日乃出はそんな子じゃあないわよ」

「分かってる。俺は分かっているよ。でも、さぁ、言っただろう。所帯を持つってことは家の問題なんだから」

日乃出は勝次の言っている意味がよく分かった。

男が働き、女は男を助け、家を守る。それが世間の考える嫁の役割、常識というものだ。日乃出がこれからも菓子の仕事を続けて行こうとすれば、いつか世間の常識とぶつかることになるだろう。

「日乃出は好きな男が、菓子を捨てて自分の家の仕事を手伝ってくれって言ったらどうする？　その男について行くか？　家族に病人が出て、その世話をしなくちゃならなくなったら？　子供が生まれて手が離れなかったら？　それでも、日乃出が菓子の仕事を続けようとするなら、人の二倍、三倍の働きをしなくちゃならなくなるぞ」

「だったら、そんな世間の常識にとらわれない男を探せばいいんだわ。そんなの簡単なことよ」

純也が言った。

「そうだな。そういう時代が来るかもしれない。でも、これは日乃出の気持ちの問題でもあるんだよ。好きな人と菓子と、家族と菓子と、秤にかける時が必ず来る。一生懸命仕事をしていれば、それだけ悩みは深くなる。それは、男にはない悩みだ」

「それでも、菓子をやりたい。菓子職人の道を進みたい」

日乃出は小さな声で答えた。考えるより先に口が動いた。

菓子の仕事を続けて行く。

それはもうずっと以前から日乃出の心の深い所にとどまって、強い思いとなっていた。

自分は菓子職人なのだ。これからも菓子を仕事にして行く。それだけは、何があっても揺らがない。

「そうか。そう思うのか。それでいいんだな」

勝次は小さく答えた。

「そうよ。それでこそ日乃出だわ。これからも三人で頑張って行きましょう」

純也が明るい声で続けた。

数日して浜風屋に希平がやって来た。いつになくていねいに頭を下げると、菓子を頼みたいと言った。

「贈り先はどちらですか?」

勝次がたずねた。

「お光さんです」

「ああ。それなら、お祝いのお菓子か何かですね」

「いえ、それが」

希平は口ごもった。

「じつは、お返事をまだいただいてないのです。お光さんは三河屋さんの大切な一人娘さんですから、あちらも考える所があると思います。でも、私もいい加減な気持ちで言っている訳ではありません。お光さんだから、来てほしいのです。私の気持ちが伝わるような菓子を作っていただけませんか」

「つまり、希平さんの真心が伝わるような、それでもってお光さんの人柄を表すような、そういう菓子ということですよね」

純也が言った。

「そうです。そうです。お光さんの心にまっすぐ届くような菓子。あの天下一品の笑顔にふさわしい菓子をお願いしたいのです」

「そうねぇ」

純也が首を傾げた。

「それなら、技を駆使した技巧的なものじゃなくて、素直でやさしい味かしら」

「奇をてらわない、昔からみんなに愛されている物がいいですねぇ。かわいらしくて、親しみやすい。でも上等なもの……。なかなか、難しいなぁ」

勝次も考えている。

「ねえ、白玉団子はどう？」

日乃出は言った。

「そうか。白玉団子か。いつかここで食べましたね。あの白玉団子はおいしかった」

希平は大きくうなずいた。

「いい考えだ。やさしい味で懐が深い。みそ汁のような塩味でも、甘い物でも、なんにでも合いそうだけど、ちゃんと自分を持っていて、しかも相手を引き立てる。お光さん、そのもののような菓子だ」

勝次が言った。

「あの日、希平さんは白玉団子を初めて食べたと言いましたよね。お光さんも、あの時の希平さんのうれしそうな顔を覚えていると思いますよ」

日乃出が言うと、希平は大きくうなずいた。

「白玉団子で決まりね」

純也が言った。

「菓子屋ならではの、極上の白玉団子を作ります」

勝次が請け合った。

「お二人のために浜風屋が精一杯、心を込めて作らせていただきます」

日乃出も続けた。


最初、純也は白玉粉に豆腐を加えようと言った。白玉粉だけで作るより、もちっとして味わいが深いのだ。

だが、日乃出は白玉粉だけにこだわった。

「お光さんの団子には、そういう小細工はいらないと思う。きれいな水と白玉粉だけでいい。それで、つるんとのどごしがよく、もちもちとしてやわらかい白玉団子を作ろうよ」

器はどうしようかと考えている時、純也が「小舟さし手折りて袖にうつし見ん蓮の立葉の露の白玉」という和歌を見つけて来た。

昔の偉い歌人が詠んだ歌で、小舟で池に乗り出し、蓮の若葉を手折って、露の白玉を袖に移したいという意味なのだそうだ。

「清々しい二人にぴったりだと思うの。この歌にちなんで、緑の蓮の葉の上に白い白玉をのせるのはどうかしら」

その言葉で菓子の形が決まった。

日乃出は横浜中の菓子材料の店を回って、一番新しい、一番上等の白玉粉を探して来た。勝次は鎌倉の方まで出かけて、山の湧き水をくんで来た。

蓮の葉を取りに行くのは、純也の仕事になった。保土ケ谷《ほどがや》の方に大きな池があり、蓮が池一面に生えていると聞いて出かけた。それは思いのほか、大変な仕事になった。

「池の中に腰まで入って取って来たのよ。下はずるずる、どろどろで、ずぶずぶ体が沈むの。葉っぱをつんだのはいいけれど、足が泥から抜けないの。このまま池から出られないいんじゃないかと思った」

池の真ん中でもがいていた所を、近所の人が縄を投げ、それにつかまってやっと抜け出したのだ。蓮の茎には粘土のような土がこびりついていたが、水で洗い落とすと緑は鮮やかになり、すがすがしい香りがした。茎は太く力強く、柔らかな葉を支えている。若い葉を日の光にかざすといくつも枝分かれした葉脈が見えた。水滴を落とすと、白い水玉になって転がった。

蓮は泥の中に深く根を張って、強く、潔く生きている。

二人にふさわしい姿だと、日乃出は思った。

勝次も特別な思いがあるらしく、蓮の葉をしばらくじっと見つめていた。

「お光さんには本当に世話になったんだ。あの人がいなかったら、自分は今、どうなっているか分からない」

四年ほど前の冬の日、浜風屋の井戸の辺りで倒れていた勝次は、松弥に救われた。店の中に運ばれ、食べ物と飲み物をもらった。そのまま、しばらく過ごし、やがて浜風屋で働くようになった。

「でも、最初に俺を見つけたのは、お光さんなんだ。朝、水を汲みに来た所だった。最初は行き倒れかと思ったそうだ。だが、肩が動いていたので、まだ息があると分かった。それで、すぐ松弥を呼びに行った。あの時の俺は垢じみたぼろぼろの着物で、髪も体も汚れていた。得体のしれない大きな男が井戸端に倒れているんだ。恐ろしいに決まっている。もし、あの時、お光さんが大声をあげて騒いだら、定吉さんは問答無用で俺を追い払っただろう。だから、お光さんは自分の父親ではなく、裏に住んでいる菓子屋の松弥のじいさんに声をかけた。あの人は、おっとりしているようで、ちゃんと周りを見て、前後を考えて動くことが出来る人なんだ」

「勝次さんは、それまでどこで何をしていたの？」

日乃出がたずねた。

勝次は首を横にふった。

「分からない。本当に覚えていないんだ」

京都で仲間と別れてから浜風屋に来るまで半年ほどの時間があるが、その間の記憶がとんでいる。

「俺のような男を見つけて声をかけてくる奴がいるんだ。そいつに誘われて、どこか知らない場所で穴を掘った。それがどこなのか、何のための穴なのかも分からない。狭い小屋に男達が何人も詰め込まれ、夜はその小屋に鍵をかけられた」

隙をみて逃げ出し、山の中を歩き回った。

「ある時、刀が使えるかと聞かれ、使えるといったら、刀を渡された。夜中、大きな建物の前に立ち、出て来る奴がいたら斬るのが仕事だった」

「斬ったの？」

日乃出がたずねた。

「出て来たのは女だった。俺は女を連れて逃げた。だけど、それから後のことが分からない。女はどんな顔をしていたのか、どこで別れたのか、本当にそんな女がいたのかどうかも」

勝次は暗闇の中にいた。

何も見えない、聞こえない。冷たく深い海の底のような場所にいた。

隣には死んだ仲間達がいた。恨めしそうな顔をしてこちらを見ている者もいれば、冷たい手を首に回してくる者もいる。血の匂いがした。焼けるような痛みがあった。腹が減って吐き気がして、それでも腹が減った。

生きたまま死んで、死にきれなかった。

「そんな話、初めて聞いたわ」

純也が言った。

「浜風屋に来たばかりの頃、松弥のじいさんにだけは伝えた。その時に言われた。あんたはあの井戸端で一度死んで、別の人間になって生き還ったんだ。昔のことは思い出さなくていい。胸の奥にしまって錠《じょう》をかけてしまいなさい」

日乃出は勝次の手をそっとみた。

肉の厚い手の平と太くて頑丈そうな指があった。今はきれいに洗われて、職人らしい繊細な動きをすることが出来る。だが、その手が血に汚れ、人を痛めつけたこともあったのだろうか。

沈黙が流れ、三人はそれぞれの思いの中にいた。

さぁ、白玉団子を作ろうと言って勝次は立ち上がり、大鍋に水を入れて火にかけた。

「浜風屋に来て、お光さんや松弥のじいさんに会って、光が一筋射して来た。俺はやっと変わることが出来たんだ。あの日、お光さんに会えなかったらと思うと恐ろしい。あの人は命の恩人だ。幸せになってもらいたいんだ」

鍋が温まるにつれて湯気がわき、鍋底から小さな白い泡が浮き上がり、やがてその泡は次第に大きく、力強くなっていった。

純也が白玉粉に水を加えて練り、小さな丸い団子にまとめた。真ん中を少しくぼませて大鍋に落とす。白玉は底の方に一度沈み、泡と共に小さな浮き沈みを繰り返し、それからすうっと浮かんで来る。

すかさず網じゃくしですくいとり、ざるに入れて冷たい水で冷やした。

白玉団子は端の方が少し透き通り、潔いほど真っ白でみずみずしく、天窓の光を受けて輝いていた。

蓮の葉で包み、きな粉と黒蜜を添えた。

作り立てのみずみずしい白玉団子を日乃出と勝次、純也の三人で三河屋に届けた。

「希平様からのお届け物です」

三方にのせた蓮の葉の包みを見て、お光は不思議そうな顔をした。添えられた短冊には歌が書いてある。

「小舟さし手折りて袖にうつし見ん　蓮の立葉の露の白玉」

お光が少し震える指で蓮の葉を開いた。緑の葉の上に丸い白玉団子が五つ。

「いつぞや、お光さんに作っていただいた白玉団子の味が忘れられないと、おっしゃっていましたので、吟味した材料で白玉団子を作らせていただきました」

日乃出は菓子屋の顔になって口上を述べた。

お光が悩んでいるのは、大工の嫁になるかならないかではない。

日乃出のことがあったからだ。日乃出は謝った。お光も許し、仲直りした。それでもなお、お光は日乃出に申し訳ないと思っている。自分だけが幸せになってはいけないと考える。

そういう人なのだ。

いつかお光は、自分の一生が決まってしまったようだと嘆いた。もっと自由に、自分の人生を切り開きたいとも言っていた。今、思ってもみなかった新しい人生が開こうとしている。

今がその時だ。自分の足で一歩踏み出してほしい。

この菓子にその思いをこめた。

それは仲よしのお光へ、友達としての応援だ。

同時に、人の幸せに寄り添う菓子を作る菓子屋としての願いだ。

「え、どうするんだよ。どうするんだ。なんてぇ、返事をするんだい」

定吉が待ちきれないというように言って、お豊に袖をひかれた。

「ありがとうございます。謹んでお受けしたいと思います」

小さな、でもはっきりとしたお光の声が聞こえた。思いを文にしたためて、三方に載せて返して来た。

「確かにお預かりいたしました」

勝次が答えた。

お光はいつものやさしい、温かい眼差しで、浜風屋の三人を見た。

「素敵なお菓子をありがとうございました。このお菓子のことは、一生忘れないと思います」

日乃出は胸が熱くなった。

心からお光の幸せを願っていた。

四、白象が運ぶ天竺の夢の菓子

ガタンと大きな音がして、日乃出達が店の外に出ると、立ててあった幟が倒れていた。入口の戸のあたりは泥がぶちまけられ、のれんにもべたべたと泥がなすりつけられている。残暑の強い日差しに地面が白く見えるような、暑い日のことだ。

「いやだ。臭っさあ」

純也が鼻をつまんだ。

「ひでぇことをしやがる」

勝次が怒った。

こんなことが、ここ最近、何度か続いた。犯人は予想がついている。白柏屋か、白柏屋を応援する者だ。

白柏屋と浜風屋が菓子の勝負をしたことは、面白おかしく瓦版に書かれて、広く知られるようになった。浜風屋が関内に移って来たことで、二つの店の対決はますます注目を浴びた。浜風屋の方が味は上だとか、白柏屋の方が職人の腕がいいとか、いろいろと言う人も増えた。

二つの店が話題になって、それなりに人が集まれば問題はないのだが、今は季節が悪い。暑い時期は甘い菓子の売れ行きが落ちる。とくに白柏屋は店が大きいだけに苦労しているらしい。たまに日乃出が店の前を通っても、紺の前掛けをつけた手代ばかりが目につく。

「だからって、こっちに悪さをすることないじゃないの。今度、同じことをやったら只じゃおかないから」

純也はぶつぶつ言いながら、片づけを始めた。砂を撒いてもなかなか臭いがとれず、きれいになるのに半時ほどもかかってしまった。

その日、届け物に出かけた純也は町の噂をいろいろと聞き込んで来た。

「あのね。最近、白柏屋の饅頭は甘くないんだって。お客が減ったから小豆も等級を下げて、砂糖の量も減らしたの。そんなことすればお客は来なくなるから、菓子はますます売れなくなって……ということらしいのよ。それから、あの己之吉って男はね、うーんとけちなんだって。ご飯のおかわりをしようものなら、にらまれる。朝も夜もめざしを半分にして分け合うんだ」

どこまで本当か分からない。

浜風屋のことも、いろいろ言われているに違いない。

そんなある日、浜風屋の三人は野毛山《のげやま》にある善次郎の別邸、白雲閣《はくうんかく》に呼ばれた。白雲閣は野毛山の一番上、まわりをぐるりと高い塀をめぐらした中にある。残暑の中、野毛山の急な坂道を上ってようやく屋敷の森が見えて来る。塀に沿ってずうっと歩いて裏口に。そこからが本番で、木間隠れに四階建ての豪壮な洋館や西洋式の庭をながめながら林の中の小道をたどり、ようやく善次郎のいる和風邸宅に至るのである。

「屋敷ならいくつもあるのに、何だって、こんな不便な所にあたし達を呼びつけるのかしらね」

純也はぶつぶつと文句を言った。

空は高くなっていわし雲が飛んでいるが、日差しは強く、蒸し暑い。三人とも裏口についた時には肩で息をするほど疲れていた。

しかし、ひとたび塀の中に足を踏み入れるとそこは別世界である。花が咲き、小川が流れ、ここかしこに西洋風の彫像がおかれている。きれいな物、美しい物の大好きな純也は目を輝かせた。

「日乃出、バラが咲いているわよ。あたし、バラが大好きなの。きれいで香りがよくて、痛い棘があるのよ。花を咲かせるのもすごく難しいんですって」と言い出し、ついには「ああ、あたしもいつかお金持ちになって、こういうお屋敷に住んでみたい」とうっとりしている。

ついに勝次が腹を立て、「純也、少し静かに出来ないのか。俺達はこれから大事な話をしに行くんだぞ」とたしなめた。

邸宅に着いて座敷で待っていると、善次郎がやって来た。薩摩絣《がすり》に涼しげな西洋の布で仕立てた羽織を合わせている。面長の端整な美しい顔の両側には、厚い耳たぶ。善次郎の福の神、一代で財を築いたひみつといわれる福耳である。

「来てもらったのはほかでもない。白柏屋と浜風屋の菓子比べのことだ。先日、白柏屋からこの善次郎に申し立てがあった。浜風屋との勝負、今までは、白柏屋の得意なものではなかった。負けるのは当然であると」

「はぁ？」

純也があきれたような声を出した。

「なんか、意味がよく分からない」

小さな声で言って、隣にいる日乃出をつついた。

「つまり、もう一度、勝負をしたいということでしょうか」

勝次がたずねた。

「そういうことだ」

善次郎は答えた。

「白柏屋さんは自分達が勝つまで納得しないと言われているのですね」

勝次が重ねて問うた。

「そういうことではない。公平に扱う。とにかく、いつまでも同じようなことを繰り返して限《きり》がない。今回は善次郎が立ち会う。これが最後の勝負だ。勝った方が橘屋の流れをくむと名乗ることになる。遺恨なしの終わりとする」

つまり、今までの勝負はチャラということか。それなら、何のために苦労して来たのか分からない。

日乃出はがっかりした。

「調子いいったらないわよね。これが最後なんて、おためごかしのこと言っちゃってさ。結局、白柏屋の肩を持っているんじゃないの」

今度は少し大きめの声で純也がつぶやく。

「おい。いい加減にしろ」

勝次がにらんだ。

「あら。ごめんなさい。地声が大きいから」

善次郎が声をあげて笑った。

「愉快。愉快。私の周りにいる者は、私の顔を見るとぴりぴりして思ったことの半分も言わない。そこへ行くと、お前達は楽しいなぁ。お利玖が浜風屋を贔屓にする訳だ。この勝負、引き受けないとは言わせないぞ。そうだな。期日は半月後。ここで行う」

「それで、何を比べるというのでございましょうか」

日乃出がたずねた。

「白柏屋は干菓子《ひがし》がいいと言っている」

「干菓子、ですか」

勝次が言った。

日乃出は思わず口をとがらせた。絶対に、白柏屋の方が有利だ。

干菓子とは、落雁や飴など水分の少ない菓子をいう。中心になるのは、砂糖に米の粉などを加えて型に入れて成形する押し物と呼ばれるものだ。

橘屋には婚礼に使う大きな鯛から、茶席で使う小指の先ほどの小さな菓子のものまで、千本ほどの干菓子の型があった。どれも腕のいい職人が彫った、上等のものだ。それらは、今、白柏屋が持っているのではあるまいか。

あれがあれば、なんだって出来る。

「たしかに干菓子は型を使う物が多い。だからといって、白柏屋に分があると思うのは早計だぞ。昔からある型を使って菓子を作って何が面白い。私はそんな物に点をやらん。浜風屋は知恵者がそろっている。あっと驚かせるような物を作ってほしい。それを楽しみにしている。勝ってお利玖を喜ばせてやってくれ」

謎のような言葉を残して善次郎は席を立ってしまった。

浜風屋の元の主人である松弥もいくつか干菓子の型を持っていたはずだ、と勝次が言った。店に戻って古い茶箱を開けて中を見ると、鯛や招き猫の金花糖の型が出て来た。

「そういえば、ひな祭りに金花糖の菓子を作ったこともあったわね」

純也が懐かしそうな眼をした。

金花糖は煮溶かした砂糖を型に流し、固まったら食紅などで色をつけたものだ。有平糖《ありへいとう》より手軽に出来るので、庶民の菓子として広まっている。

いくつもある木型は二つで一対になっていて、上になる方には砂糖を流す穴が開いている。招き猫に鯛、だるま、恵比寿さんなど素朴な姿が彫られていた。どれも古い物だったけれど、欠けたり割れたりしている物は一つもなかった。

「大事に使っていたんだな」

勝次がしみじみとした調子で言った。

松弥は江戸で修業した腕のいい職人だった。一人で横浜にやって来て、浜風屋をはじめた。大福や饅頭、羊羹のほか、上生菓子も作っていたし、ひな祭りの頃なら金花糖、五月の節句には柏餅と季節の菓子もやっていた。頼まれれば赤飯も、婚礼の祝い菓子も、それこそなんでも作っていたのだ。たった一人で。それは、本当にすごいことだ。

今の浜風屋の三人が束になってもかなわない。

勝次と純也が浜風屋に来て、二年ほどで松弥は亡くなってしまった。二人は菓子作りのほんの入口に立ったばかりで、松弥の本当の大きさに気づかなかった。今頃になって、松弥がどれだけ質のよい仕事をしていたのか知ったのである。

「ねぇ、作ってみようよ」

日乃出が言った。

「そうだな。金花糖も使えるかもしれない」

勝次は銅鍋を取り出し、どっさりと砂糖を入れ、水を加えて火にかけた。木しゃもじでかき回していると、砂糖は溶けて、透明な砂糖蜜になる。そのまま、ずっと混ぜ続けていると、白濁し、白い結晶が生まれる。頃合いを見計らって型に流す。そのまましばらくおいて、冷えて固まったら余分な砂糖蜜を流すのだ。

「もう、いい頃かな」

勝次がそう言って、静かに木型をはずすと、中から乳白色の菓子の姿が現れた。純也が色粉を溶いて首輪と鈴を描き、目を入れるとぴんと耳を立たせ、右前足をあげた招き猫になった。

「かわいいねぇ」

日乃出はつぶやいた。

金花糖の招き猫は壊れそうなほどもろく、小さく、軽かった。

手に載せて光にかざすと、昼のお月様のような白い色に見えた。

「あっ」

台に戻そうとして、強くつかんだらしい。

くしゃっと小さな音がして、招き猫の背中に指がめり込んだ。

「まだ十分に乾いていなかったのかな」

勝次が言った。

「それもあるけど、この暑さだからね。砂糖が溶けちゃうのよ」

純也が続けた。

「金花糖はだめかぁ」

日乃出は名残惜しそうに手の上の金花糖の招き猫を眺めた。

「それにしても、今日の善次郎は少し変じゃなかった？」

純也がたずねた。

「そうだな。いつもの毒がなかった。日乃出や俺達のことを憎くて目障りに思っているはずなのにな」

勝次がうなずいた。日乃出も同じことを感じていた。

――あっと驚かせるような物を作ってほしい。それを楽しみにしている。勝ってお利玖を喜ばせてやってくれ。

まるで勝ってほしいような言い方ではないか。

「ようやく日乃出のことを認める気になったのかしら。それとも、あたし達をいじめるのに飽きちゃったとか」

純也が招き猫の頭を指でぽんぽんとたたきながら言った。

「裏の事情があるのかもしれないいな。いずれにしろ、向こうの都合だ。考えても仕方ない」

勝次は首をふった。

海岸通りに新しく石油灯がついたので見に行こうと、夕方、お光が呼びに来た。ガス灯に先駆けて、日本で初めて出来た街路灯だ。その石油灯を作ったのは、希平なのである。これはなんとしても見に行かなくてはなるまい。

お光と定吉、お豊、浜風屋の三人が連れだって海岸通りに向かった。すでに、人がたくさん集まっている。

石油灯は鉄の柱の上部にガラスの箱をのせたもので、ガラスの箱の中心の丸い珠が発光する。試験的なものだからまだ数も限られているが、これがガス灯に変わり、やがては日本中の夜の道を照らすのだそうだ。

「ガスっていうのは、何だい。煙かい？　煙を管で送るのかい。えらいもんだねぇ」

お豊は妙な所を感心している。

海岸通りの一番にぎやかな場所に祝いの席が設けられ、壇上には市長はじめ、来賓が並んでいた。それぞれの挨拶があり、いよいよ石油灯に火が入った。

夕暮れの街に、ぽぉっと黄色い火が灯った。

歓声がわき、拍手になった。

「まぶしい。まぶしい。これじゃあ、夜も太陽が出ているようだ」

おどけた声で誰かが言った。もちろん、そんなには明るくない。だが、提灯で足元を照らしていた時とは雲泥の差だ。隣の人の顔がちゃんと見える。着物の柄まで分かるではないか。

「新しい時代が来たんだなぁ」

勝次がしみじみとした調子で言った。

「あたしはパリで街灯を見たのよ。その時、日本にこういう物が出来るまでに五十年はかかるって言われたのに」

純也は何気なく自分が洋行帰りであることを自慢した。知り合いに会ったとかで少し酒に酔っている。

定吉は知った顔を見つけては「うちの婿さんになる男が、この石油灯を作ったんだ」と吹聴し、お光に怒られていた。

水面に石油灯の光が浮かんで、ゆらゆら揺れていた。光の中にいると、気持ちが浮き立って来るようだ。

「祝言ももうじきですね」

勝次がお豊に言った。

「早い方がいいってあちらさんも言ってくれてるからね」

お豊が少ししんみりした調子で言った。

「とびっきりの祝い菓子を頼むよ。晴れの日なんだ」

定吉が勝次の肩をたたいた。

その傍らで、秋の七草の柄の着物に朱色の帯をしめたお光が頬を染めていた。最近、お光はなおいっそうやさしく、穏やかになったような気がする。

道の端には飴やいか焼きの露店が並んで、客をひいていた。その中に一人、見知った顔があった。

「あれ、あんた、こんな所で何をしているのよ」

日乃出は大声をあげた。五郎が鼈甲《べっこう》飴を売っている。

「あれ。みなさんおそろいで。いい所に来たねぇ。今日の記念だよ。一つ、どうだい」

江戸ッ子風に歯切れよく言って飴を差し出した。

「わしは白柏屋を辞めて、今はとりあえず飴屋や。横浜で一旗あげるんや」

五郎が言うと、隣の露天商が口をはさんだ。

「こいつ、店を追い出されたんだとよ。たいして腕もないくせに上方はああだ、こうだと生意気な口ばかりきくから主人に嫌われてさ」

「うるさいな。黙っといてくれや」

五郎が口をとがらせた。

「それで一から出直しかい。まぁ。頑張んな」

お豊がご祝儀といってたくさん飴を買ってやった。

後ろから来る人に押されるように歩いていると、先の方に男達が固まっているのが見えた。やせた背中に見覚えがある。こちらの視線に気がついたらしく、振り向いた顔は己之吉だった。すいかの種のような黒い目がこすっからそうに動いた。

己之吉が何か言うと、職人達がいっせいにこちらを振り向いた。顔が赤い。酒でも飲んでいそうな様子である。

「嫌だ。あいつら、こっちを見ているわよ。泥を投げたのは、絶対、あいつらの仕業よ」

「そんなこと言ったらだめだよ。静かに通り過ぎよう」

日乃出は純也の袖をひいた。

「け」

純也は下唇をちょっと突き出した。

白柏屋の若い手代が目を三角にして、やる気かと言わんばかりに太い腕を見せた。

「純也、やめなよ。ほっときな。あんた、酔っ払っているよ」

日乃出は腕を引っ張った。

「はいはい、分かりましたよん」

純也は自分のお尻を突き出して、ぺんぺんと二度ほどたたいた。

そのまま歩き出そうとすると、人込みをかき分けて白柏屋の手代がやって来た。

「おい。調子に乗ると、ただじゃおかねぇぞ」

「おお怖《こわ》。どこのやくざもんかと思ったら、白柏屋さんじゃないの。日本橋の老舗ゆかりの名店と聞いていたのに、こんな人も雇われているのね」

純也が言った。

「なんだと」

手代の顔がゆでだこのように赤くなった。

「純也やめろ」

勝次が低い声で言った。

「あたしは何にもしていません」

純也がすまして言った。

「相済みません。お気にさわったら、私が謝ります。今日の所は水に流してください」

勝次が言った。大きくて強そうな男が出て来たので、手代もひるんだようだ。

「分かればいいんだ」

身をひるがえして戻りかけた。

「どうも、す、み、ま、せんでした」

純也が手代の後ろ姿にあかんべえをした。気配に気づいて振り向いた手代が、それを見た。たちまち目が釣り上がる。

「どこまで、バカにしたら気が済むんだ」

ぽかり。

純也の頭を殴った。

「なに、すんのよ」と純也も殴り返す。

離れて立っていた白柏屋の仲間が人込みをかき分けるようにしてやって来る。

まずいよ。まずいよ。喧嘩が始まっちゃうよ。日乃出は棒立ちになった。

「あほ。ぼけ。そんな所で何してる。早く逃げろ」

五郎が大声で叫んだ。

日乃出はお光の腕をつかんで逃げ出した。

そんなこんなで、石油灯見学はとんでもない終わり方になってしまった。勝次が謝ってその場は何とか収めたが、翌日には「浜風屋の大立ち回り」という瓦版が売りに出された。

節分の鬼のような顔をした勝次が白柏屋の手代を四方八方に投げ飛ばし、その足元に猫目の純也が女形のようにしなをつくって横座りをしている図になっていた。

面白いが、当事者だから笑えない。

白柏屋も「威勢だけはいいが、口ほどでもない白柏屋」などと書かれて大恥をかいた。結局、一番得をしたのは瓦版屋だ。

この一件で、善次郎の立ち会いの下、浜風屋と白柏屋が最後の決戦をすることが知れ渡り、ぜひ、その菓子を見てみたいものだ、干菓子なら、街中まで持って来られるだろう、なんなら野毛山の屋敷まで行ってもいい――などと人々が言い出した。

浜風屋も白柏屋も退くに退けない、今度こそ、絶対に負けられない勝負になってしまったのだ。

あわただしく日はすぎて、菓子比べの日まで十日を切った。

その日の仕事を終えて、仕事場に勝次、純也、日乃出が集まった。純也が耳にした噂によれば、白柏屋の方はもう、ほとんど出来上がっているそうである。それは、まるで京友禅を菓子にしたようなあでやかで、美しく、大きなものであるという。

ということは、橘屋から伝わる木型を使った物に違いない。

日乃出の頭の中に、衣桁《いこう》にかけた打掛が浮かぶ。それは、本物の打掛と同じ大きさだが、干菓子で出来ている。華やかな菊尽くしであろうか。あるいは、流水に鶴の群れが羽ばたく図かもしれない。

「あの人達の考えることだから、そう目新しい物ではないわよ。まぁ、よくある奴よ」

純也は一応けなしてみせるが、内心動揺しているのが表情に出ている。

なぜなら。

浜風屋には策がないのである。

菓子の木型を探して、横浜はもちろん、日本橋まで足をのばした。桜でももみじでも、個々に美しい物はたくさんある。だが、それらを使って何を作ろうというのか。

場所はあの白雲閣、しかも相手は善次郎である。何か企み、あるいは仕掛けがなければならない。

色でも、形でも、味でも、なんでもよい。

とにかく、善次郎という大金持ちで通人の心を動かすような何かが必要だ。

肝心なのは、その何かだ。

それさえ見つかれば、後は、各々が得意なことをすればよい。

だがその何かが見つからないから、困るのだ。

勝負の日まで十日を切った。もうそろそろ何がしかの結論を出さねばならない。

「白柏屋さんは京都風か。ならば、こちらは江戸風で行くか」

勝次が言った。

そういえば方向が決まったようだが、江戸風といっても広うござんす。どこから手をつけていいのか分からない。

日乃出がぼんやりしていると、勝次はおもむろに立ち上がり、白い紙の束を土間に並べた。

「日乃出、どうだ。このくらいの大きさがあれば足りるか？」

「出来上がりのこと？」

「そうだ。この大きさに何を描きたい。日乃出なら、何を作る」

うーん。

頭の中が白くなっている。

「煮詰まった時にはその場所に行く。手とか、足とか動かしてみる。体に考えさせるんだ。そうすると、違う物が見えてくる。いい考えが浮かぶんだ」

勝次は太い筆に墨をいっぱいに含ませ、紙の左端から右端に向かってぐっと線をひいた。

「俺だったら、そうだなぁ。富士山」

顔をあげた勝次が言って、日乃出に筆を渡した。

「やってみるか」

日乃出は紙の上にかがみこみ、筆を紙に置いた。たちまち白い紙に墨がにじむ。墨の香りが立ち上がる。一気に上から下に線をひいた。

「字はどう？　篆刻《てんこく》の文字を使った菓子が、金沢にあったでしょう」

「長生殿《ちようせいでん》か。あれはたしか茶人大名の小堀遠州《こぼりえんしゆう》の文字だと聞いたぞ。面白いな。次は純也」

純也が筆をにぎる。くにゃくにゃとした線を描いて言った。

「凱風快晴《がいふうかいせい》とかは？」

純也が言った。江戸の絵師、葛飾北斎《かつしかほくさい》の版画『冨嶽《ふがく》三十六景』の赤富士の題だ。

「だけど相手は善次郎だものね、もう少し通好みの、知る人ぞ知るという絵師がいいかもしれないわ」

純也はそう言って、首を傾げた。

「洋風の物も好きよね。この前の羽織は西洋の生地だったでしょう」

「江戸風。もしくは洋風か」

話し合いは進んでいるのか、後戻りしているのか。だんだん分からなくなって来た。

もう一度、紙を変えてまた三人で線を引きながら、あれこれ思いついたことを言いあった。

「よし。明日からは、三人で手分けして種を見つけて来ることにしよう。街を歩いたり、人に会ったりして、これはというものがあったら報告するんだ」

勝次が言った。

日乃出も仕事の合間を見つけては、あちこち歩いてみた。すると、いろいろな人が声をかけて来る。

「おや。浜風屋さんの日乃出小町か。応援しているよ。頑張ってくれよな」

職人風の男が声をかけて通り過ぎて行った。

「先代の頃から浜風屋さんの大福を食べているんだ。頼むよ」

「いい物を作ってね」

口ぐちに言う。

「絶対、勝ってくれよ」「頼むよ」

頼むよ……。

なんだか少し変だ。どうしてこちらが頼まれるのだ。応援を頼むのは、こちらのはずだ。

以前、お焼きをよく買ってくれた石工の男と会った。顔を見るなり、「おお、日乃出ちゃんか。いい所で会ったよ。俺は浜風屋さんに賭けているんだからね。頼むよ」と肩をたたかれた。

「すみません。賭けているって、どういうことですか？」

「賭けって言ったら、賭けだよ」

男は懐から小さな紙を出して見せた。確かに浜風屋と書いてある。どちらが勝つかみんなで小金を賭けているのだという。

「世間の噂じゃ、七対三で白柏屋の方が優勢だけどね。俺は、ほら、昔っからの日乃出ちゃんの贔屓だから」

「ちょっと待ってください。なんで、白柏屋が優勢なんですか？」

「えっ。だって、今までの二つの勝負は白柏屋が勝っているんだろう」

「それは違いますよぉ」

日乃出は叫んだ。

勝ったのは浜風屋だ。

いったい、どこをどう伝わって白柏屋優勢ということになったのだろう。

まさか、白柏屋がそういう嘘の噂を流しているということは……。

いやいや、そうではない。今まで勝負のたびに白柏屋は新しい羊羹や饅頭を売り出して来た。幟を立てて、宣伝して来た。まるで自分達が勝ったように華々しく、にぎやかに。そういう店の取り組みが効いているのだ。

「浜風屋は最近、ちょっと落ち目になって、それで起死回生でこっちに新しい店を出したんだろう」

「だから、そうじゃないんですってばぁ」

ああ。もう、いらいらする。

白柏屋に新しい幟が立つたびに浜風屋にやって来て、小言を言っていた定吉の気持ちがやっと分かった。常連さんを大事にすればいいとのんきに構えていたが、商いはそんな悠長なものではない。

少なくとも、今の横浜では。

今度の勝負。

絶対に、絶対に、勝たなくてはならないのだ。


気がつくと、吉原の周囲をぐるりと囲んでいる堀に出た。堀の水はよどんでごみが浮かんでいた。

――勝ってお利玖を喜ばせてやってくれ。

ふいに善次郎の言葉が思い出された。

善次郎はなぜ、そんなことを言ったのだろう。

日乃出は以前、ここでお利玖に会ったことがある。お利玖は化粧を落とした素の顔で、一人でぼんやりと堀を眺めていた。

日乃出はお利玖に誘われるままに家に行った。料亭と料亭の建物の間に立つ小さな古い一軒家だった。吉原一の妓楼、鷗輝楼のおかみにふさわしくない、地味な住まいだった。

そこで、お利玖は言った。

——奥の間に姉が寝ているんだよ。廓の病気だ。もう、治らない。

家には漢方薬の臭いが漂っていた。

お利玖は長崎の小さな島の生まれだ。長崎の丸山で遊女になり、少しは名が知れたころ、一つ上の姉も丸山にいると聞いた。姉は病におかされ、ある妓楼の奥の間に打ち捨てられるように寝かされていた。お利玖はそんな姉を引き取って薬代を払った。

——それからなんだよ。私に運が回って来るようになった。だけど、私の仕事がうまくいけばいくほど、姉の病は重くなる。……それでも私が行くと、こうパッと目を開いて見るんだよ。頑張りな。頑張りな。あんたはあたしの誇りだよ。あたしの分も、兄さんや姉さんの分も生きて、うまいもの食べて、贅沢して、楽しい日を送るんだよ。のどから絞り出すような声で言うんだ。

廓にいる女たちの多くがそうであるように、お利玖も自分の過去を語らない。

それなのに、なぜ日乃出に、自分のひみつを語ったのだろうか。

鷗輝楼に何度か行ったが、ここ最近、お利玖の姿を見ていないことを思い出した。

浜風屋に戻ると、純也が紙を小さく四角に切っていた。

「ねぇ、日乃出。いいことを考えたの」

端の方を赤く染めると、台の上に並べ始めた。紙はどれも正方形だが、並べるとゆがんでみえる。

「あれっ。不思議、どうして?」

「手妻《てづま》でござい」

純也が得意そうに言うと、板の間にいた勝次もやって来た。

「目の錯覚か。面白いな」

一枚ずつ見た時には気づかない程度に赤の部分を微妙に変えているのだ。

純也は干菓子でこれを作ろうという。

砂糖と米粉を混ぜて紅白に染め、四角い型に詰めて押してみる。

だが、この方法では、微妙な染め分けが出来ないのだ。

「飴にするか」

「真四角にするのが難しくない？　それにある程度厚みがあった方が面白いわ」

「最初は白一色で作って、後から上に赤をおいたらいいよ」

それぞれが思うことを口にした。

何度も作り直し、少しずつ思う形になって来た。赤一色ではなく、黄色と青を混ぜると、さらに華やかになる。

夕食をとる時間が惜しいので、野菜をたっぷり入れたみそ汁を作り、それをご飯にかけて食べた。

夜中近くなって、ようやく完成した菓子は角がぴしりと決まった四角形だ。冴えとした白色の端に鮮やかな赤や黄、緑の線が入っている。

だが、ならべると不思議、不思議、線がよろける。

「出来たねぇ」

勝次が言った。

「これなら勝ったも同然ね」

純也も言った。だが、日乃出は何か引っかかる。

「気になることがあるのか？」

「ううん。きれい。とっても、いいと思う」

そうは言ったが、やっぱり何かもやもやしている。

翌朝、日乃出はいつもより早く起きた。すぐに浜風屋に行き、作業台の上の菓子をながめた。

きれいだし、かわいらしい。

でも、何かが違う。なんだろう。

純也が起きて来た。

「どうしたの？　早いじゃない」

「この菓子のことなんだけど」

「何か、問題あるの？」

「ううん。きれいだと思う。面白い。今まで、見たこともないし。だけどね、何かが違う」

勝次も起きて来て、三人でながめた。

「つまり、あれか。菓子に見えないってことか」

勝次が言った。

「ええ？　どういうこと」

純也が首を傾げた。

「そう。これは菓子じゃない」

日乃出は大声で言った。

「じゃあ。何なの？」

「積み木。食べられる積み木なんだよ」

「がっかり」

純也が肩を落とした。

「もう一度考え直そう」

勝次が言った。

残す所二日になっていた。

手妻の落雁を持って三河屋のお光に会いに行くと、花乃が来ていた。奥の座敷で、おしゃべりしていた。

「まぁ、日乃出さん、お久しぶり」

花乃は大きな呉服屋の娘らしく今日も豪華な振袖を着ていた。振袖を着られる日も残り少ないから、思い残すこともないよう一日に何度も着替えているという。相変わらずのお嬢様ぶりである。しかも華やかな着物に負けない美貌という所が小憎らしい。

お光は水色の地にすっきりと萩を散らした着物だった。地味な柄だが、色白のお光によく似合っていた。

菓子を出すと花乃はすぐに手を出して「あまーい」と言った。菓子だから甘いのは当たり前だ。

「クイーンズホテルに売っているような菓子はないの？　クリームとかのっているような」

純也が聞いたら怒るだろう。いっしょに来ないでよかったと思った。

「あれは西洋菓子でしょう。うちは日本の菓子だから」

やんわり言って、玉露堂さんのお茶には日本の菓子の方が合いますよと付け加えた。花乃はうふふと笑った。

「これは菓子比べに使う菓子なの？」

お光がたずねた。

「そうしようかなと思ったけど、やめた。でも、これ、面白いよ。並べると線がよろけて見えるんだ」

日乃出は二人の前に菓子を並べて見せた。

「西陣織の下絵みたいね。職人さんは升目に色を塗って下絵を作るから」

花乃は言った。

「へぇ、そうなんだ。じゃあ、干菓子を並べて絵にしようかな」

「それは升目描きって言って、もうずっと昔からあるのよ。めずらしくないわ。伊《い》藤《とう》若《じやく》冲《ちゆう》っていう京都の有名な絵師が升目描きで描いた傑作がある。真ん中に白い象がいるの」

「花乃ちゃん、よく知っているのね」

お光が感心したように言った。

「だって、最近、うちのおとっつぁんが若冲に凝っているの。一枚欲しいお軸があるんだけど、すごく高いんだって」

「つまり、その若冲って絵描きは、今、横浜のお金持ちの間で流行っているってこと？」

日乃出はたずねた。

「うーん。そうかもしれない。最近、急に言い出したもの」

横浜の大店に出入りしている商売上手な骨董商といえば、あの男ではあるまいか。

「もしかして、柳葉洞さんの話？」

「そうよ。よく知っているのね」

やっぱり。

柳葉洞は深川松の道具を売った店である。店の構えは小さいが、主人の柳は商売人だ。純也も言葉巧みな柳に乗せられて皿を買った。あの調子で、あちこちの大店に出入りして骨董を売りさばいているのではなかろうか。

そして、今、柳が力を入れているのは若冲なのだ。

いいことを聞いた。

日乃出は立ち上がった。

「ありがとう。お光さん、また後でね。花乃さんも、お元気でお幸せにね」

とりあえず、柳葉洞を訪ねてみよう。

急ぎ足の日乃出の前に、一台の人力車が止まった。

「おや、日乃出お嬢様じゃありませんか。先日は大変、ご無礼をいたしました。お怪我はされませんでしたか」

しわの多い、やせた小さな顔にすいかの種のような黒い目。車に乗っていたのは己之吉だった。嫌な人に会ったものだ。

「橘屋はなくなったのですから、お嬢様と呼んでいただかなくて結構です」

日乃出はつっけんどんに言った。

「そうでしたねぇ。今は白柏屋と浜風屋。肩を並べ、優劣を競う間柄になりました。あの頃は私が車の上から、お嬢様、いや日乃出さんを見下ろす日が来るとは思いませんでしたよ。菓子比べも、もうすぐですねぇ。さぞや準備も進んでいることでしょう」

「おかげさまで。白柏屋さんも、聞く所によれば着物仕立てだそうじゃないですか」

「まぁ。そういうことにしておきましょうか。なにしろ、私どもの所には、橘屋さんから引き継ぎました菓子の型が、ざっと千本ほどもありますから」

余裕の笑みをみせた。

「うちは大丈夫です。型を使わずに行くつもりですから」

「ほう。型もなくて、技もなくて、大丈夫なんですかねぇ」

己之吉は自分の言葉に喜んで「くっく」と笑い、言葉を継いだ。

「一言申し上げておきますけどね、菓子屋の仕事をなめてもらっちゃ困りますよ。餡炊き十年っていうんです。浜風屋さんのしていることは、菓子の上っ面をなでただけですよ。本当のことは分かっちゃいない。今までは運がよかった。それだけです。私が橘屋に奉公に行ったのは六歳の時。それから三十年。さんざん苦労させられましたからね。ああ、そりゃあ、ひどいもんでした」

思わず日乃出は口をとがらせた。

「そんなに浜風屋のことが憎いんですか？　橘屋の名前が欲しいんですか？」

「あたりまえですよ。足を踏んだ人間はそのことを忘れても、踏まれた人間は覚えている。あんたは何も分かっちゃいない」

そういうと、己之吉は人力車を降りて日乃出の前にやって来た。腕をまくって見せた。

「この傷はなんだと思います？　十歳の時に、掃除の仕方が悪いって、ひしゃくでなぐられた傷ですよ。勢い余ってひしゃくの柄が折れて、腕に刺さった。十歳の子供にですよ。よくこっちの骨が折れなかったもんだ。でも、そんなこと、当たり前だ。今、日乃出さんの暮らしが苦労なんぞと思っていたら、大間違い。そんなものは苦労でもなんでもない。小僧の暮らしっていうのはね、眠い、ひもじい、恐ろしいの三拍子だ。毎日、誰かにぶたれやしないか、怒鳴られやしないかとびくびくしている」

吐き捨てるように言った。

「私はね、七人兄弟の五番目ですよ。菓子屋に行けば毎日菓子が食べられるなんて言われて奉公に来たけれど、饅頭や羊羹が食べられるのは半年に一度。店の売り物に手を出せば、飯抜きで裏の物置に閉じ込められる。それがどれだけ辛いか、お嬢さんだったあなたには想像もつかないでしょうよ。逃げ帰りたくっても、家に帰れば親が困る。私の田舎はひどい所でね。もともとがやせた土地で、いくら耕したってろくに作物が育たない。どうかすれば真夏に霜が降りる。そんな田舎に生まれた子供は、奉公に出るしかないんですよ」

朝は日が出る前から起こされて、水汲み、洗い物。冬なんか、あかぎれが出来て、それが切れて血がにじむ。先輩の奉公人からはこづかれたり、足を踏まれたり。ちょっとしたことで殴られて、痣が消えることがなかった。

己之吉は積年の恨みつらみをここぞとばかりに言いつのった。

「あなたのおじいさんて人は、そりゃあ、厳しかった。自分が奉公人あがりだから我慢が出来て当たり前。出来ないお前が悪いと言われた」

「だけど、まじめに働けば番頭に取り上げてもらえるし、のれん分けだって出来るじゃないですか。そうやって己之吉さんは番頭になったんでしょう」

日乃出は言った。

「はん」と、己之吉は大きな声をあげた。

「番頭たって、大番頭、中番頭といろいろあります。私なんざ、番頭といったって末席ですから、相変わらず店の二階に寝起きして上の方々の顔色をうかがう日々。そりゃあ、多少の蓄えを作り、郷《くに》に戻って店を出すって者もいましたがね。そんな者は十年に一人いるかどうか。あの頃の私のたった一つの夢はね、先代に認められて、あんたのお母さんと一緒になって店を継ぐってことでしたよ。そりゃあ、万にひとつもかなわない、はかない夢だって知ってました。だけどさぁ。ほかにどんな夢をみりゃあいいんです？」

己之吉はやせた顔をくしゃくしゃにして、のどから声を絞るようにして言った。

そんな己之吉の思いとは裏腹に、祖父は菓子修業をしていた遠縁の男を跡継ぎに選んだ。店に入れ、一から修業させた。それが、日乃出の父の仁兵衛だ。

「仁兵衛さんも人が悪いよ。最初からそういう約束ならそう言ってくれればいいものを。いよいよって時になって、実はって明かすんだもの。それまで、さんざん仁兵衛さんには店の不平不満を言っていた。こっちはとんだ赤っ恥さ。あの時に思ったねぇ。このまんまじゃ収まらないって」

「だから、浜風屋を目の敵にするんですか？」

己之吉は我が意を得たりというように笑った。

「そうですよ。橘屋がなくなるって聞いた時、私は自分にもやっと運がめぐって来たと思った。店はなくなっても職人は残る。そいつらを集めて、新しい店を出せばいいんだって。最初は雇われの番頭だったけど、横浜の店は自分のものだ。あと、もう少し。もう少しで日乃出さん。あんた達を打ち負かし、橘屋の名前をもらう。そのためなら、なんだってしますよ」

「だから、五郎を使って浜風屋のごみをあさらせたの？　泥を投げつけたの？」

「さぁ。そんなことは知りませんよ。私とは関係ない誰かが勝手にやったことでしょう」

己之吉はうそぶいた。心底性根の曲がったやつだ。こんな男に橘屋の名前を取られてたまるものか。ふつふつと腹の底から怒りが湧き起こって来た。

「絶対に。負けないから」

日乃出は叫んだ。

「いいでしょう。楽しみにしてますよ」

己之吉の人力車が走り去っても、日乃出は道に立ってにらんでいた。

のどがからからに渇いていた。ねばつくような残暑の日差しが首筋を焼いている。

絶対に勝つぞ。勝ってやるんだ。

日乃出は道の真ん中に仁王立ちになって、己之吉が去った後ろ姿をにらみつけた。

けれど、そのうちにたまらなく淋しい気持ちになって来た。

己之吉の言葉は、誇張があるにしてもまったくの作り話ではないだろう。ひもじい思いや恐ろしい思いをしたというのは本当なのだ。

祖父も父も仕事に厳しい人であった。怠けたり、嘘をついたり、手を抜くことを嫌った。とくに若い者に対しては、挨拶や口のきき方、しきたりなどを徹底的に教え込んだ。それが長い人生を歩んでいくために必要なことだと信じていたからだ。

だが、それが己之吉には伝わっていなかった。躾の名を借りたいじめも横行していたのかもしれない。祖父や父は、それに気づかなかったのか。だとすれば、祖父や父の落ち度だ。

幼い己之吉の人生を捻じ曲げてしまったことになる。

もしかしたら、他にも己之吉と同じように店に恨みを抱いている者がいるかもしれない。

彼らに、日乃出は何が出来るだろう。祖父も父も働く者のことを大切に思っていたと伝えたい。だが、その手だてが思い浮かばない。

悔しさだけが募った。

「ひのでさん。どうしました。そんなこわいかおをして」

片言の日本語で話しかけられた。傍に修道女のアンナが立っていた。丈の長い灰色の服を着て、頭にかぶった布から金色の髪がのぞいている。

「アンナさんこそ、どうして、ここに？」

「きょうはかみさまのおはなしをしに、こちらにきました。にほんのことばもすこしおぼえました」

アンナは山手の教会の裏の小さな家に住んでいる。浜風屋を飛び出した純也は、庭仕事などを手伝いながらしばらくアンナの所で世話になっていたことがある。日乃出は純也を迎えに行き、生まれてはじめてアイスクリンを食べた。アンナの故郷であるナンシーに伝わるマカロンの作り方を教わったこともある。

「今、とっても悔しいことを言われて怒っていたんです」

「そうですか」

穏やかな青い瞳が日乃出を見つめている。

「今度、お菓子の勝負があるんです。私は、どうしてもその勝負に勝ちたいんです」

アンナは首を傾げた。

「かしのしょうぶ？　どうして？　かしはたたかうものではありません。みんなをたのしませるもの」

そうです。そうなんですけど……。

「かしはひとをよろこばせるもの。それをわすれたら、だめ。おいしくない。おこってもいい。でも、いつまでもおこっていたら、いけない。あなたのしごとは、ひとをよろこばせること。やさしいきもちにさせること」

アンナは日乃出の肩に手をおいた。その手が温かかった。

「ここに、わたしがやいたまかろんがあります。わたしのふるさとのまかろん。いっしょにたべませんか」

日乃出を道の端に座らせると、荷物の中からマカロンを取り出した。アンナのマカロンはひびのたくさん入った平べったい素朴な焼き菓子で、アーモンドの味がした。アンナは神様の話をする時に菓子を持ち歩いている。いっしょに菓子を食べると気持ちがなごんで、みんなすなおに神様の話を聞いてくれるという。

「ひのでさん。あなたはとても、おいしい、いいかしをつくる。ひとをしあわせにする。だから、まちがえないで」

アンナは繰り返した。日乃出の気持ちはすこしずつ収まって、往来で怒鳴ったことが恥ずかしくなって来た。

「ごめんなさい。恥ずかしい所をお見せしました」

「だいじょうぶ。にくしみやいかりのきもちは、だれにでもあります。でも、それにながされてはだめ。ひのでさんはちゃんとじぶんのしたことにきがついた」

アンナは包み込むような笑顔を見せた。

菓子比べをすることが決まってから、日乃出は白柏屋に勝つことばかりを考えていた。善次郎の気に入りそうなもの、新しいもの、人を驚かせるもの、変わったもの、めずらしいもの……。勝ちたいという気持ちが先に立つ。

日乃出は人に勝つために菓子屋になったのではない。

菓子で人を喜ばせたいからだ。誕生や婚礼など人の一生に寄り添って、大切な時を彩る菓子、気持ちをなごませる菓子、自然と笑顔が生まれ、会話がはずむような菓子を作りたい。

どうして、そんな大切なことを忘れてしまったのだろう。

「アンナさん、ありがとう。大事なことを気づかせてもらいました」

「それはよかったです。ひのでさんも、いまはとてもいいえがおになっていますよ」

アンナはにこにこと笑った。

日乃出はアンナにていねいに礼を言って別れた。

勝つことばかりを考えていたから、菓子が積み木になってしまった。

帰ったら、もう一度、最初から考え直そう。集まった人達に喜んでもらえるような菓子を作ろう。そして、楽しいひと時を過ごしてもらうのだ。そう思いながら歩き出した。

浜風屋の入口まで来ると、どこかで見たような姿があった。

五郎だ。胸に大きな風呂敷包みを抱えている。

日乃出の姿を認めると、「いつぞやは失礼しました」とぺこりと頭を下げた。

「白柏屋と菓子比べをするんやろ。まぁ、今さらやけど、役に立つかもしれへんと思て持って来たんや」

風呂敷の中には鼈甲飴の型がたくさん入っていた。

「商売道具を借りてもいいの？」

「その辺りは適当に塩梅するから。本当はもちょっと、ちゃんとした木型を持って来たかったんやけどな。今日の所はこれで勘弁してくれや」

五郎は照れたような顔で言った。日乃出は五郎の気持ちがうれしく、ありがたく使わせてもらうことにした。

その時、純也が入口の戸を開けて顔をのぞかせた。

「ねぇ、あんた達、そんな所で話してないでさ、中にお入りよ」

「いや、今日は型を渡すだけやから」

帰ろうとする五郎の袂を、純也はしっかりとつかんで言った。

「悪いけど、あたし達も切羽詰っているの。せっかく来たんだから、知恵の一つも出して行ってくれないかしら」


いよいよ浜風屋と白柏屋の菓子比べの日になった。

早朝、勝次、純也、日乃出、それに五郎が出来上がった菓子を荷車に載せて白雲閣に向かった。壊れないよう紙で包み、布で巻き、石ころの多い坂道を慎重に上っていく。荷車はごとごととのどかな音を立てながら進んだ。

勝次が荷車をひき、純也が脇で、日乃出と五郎が後ろに並んで押した。

「飴屋はこれからも続けるの？」

日乃出がたずねた。

「そうやなぁ。飴売りはまだ、もうしばらくやって、冬になったら大福を売ることにしたわ。わしの大福はうまいでえ」

「どこかに店を借りるつもりか？」

勝次がたずねた。

「まさか。そんな金あれへんし。しばらくは振り売りや。朝作って、売りに行くんや」

「大変よぉ」

純也が言った。

「わかってるわ。せやけど、浜風屋さんかて最初は屋台で商売してたんやろ」

「そうだよ。大福売って、それからお焼き。でも、うちは三人だし、店もあったからね」

日乃出は言った。

「わしは一人がええ。気楽やし。自分の自由になる。自分の思うようにやりたいんや」

日乃出が言うと、五郎は肩をすくめた。

「へ。偉そうに」

五郎は日乃出より、少し背が低い。口は達者だが、顔立ちは幼さが残る。ふっくらとした頬に団子鼻。りすかうさぎを思わせる黒く丸い瞳。頭の鉢は大きいが、首も肩も細くて頼りない。

この子はこれから一人で、横浜で生きて行くつもりなのだろうか。日乃出の心の声が聞こえたように五郎は答えた。

「心配いらへん。奉公に出たんは六歳の時やからな。それからずっと他人の飯を食って来たんや。その気になればなんでもやれるわ」

「その意気だ」

勝次が言った。

五郎は裏口まで一緒に来て、そこで別れた。

白雲閣で荷ほどきすると、合図の鐘がなって、いよいよ勝負の時だ。

広間に浜風屋と白柏屋が並んだ。奥には善次郎とお利玖、さらに横浜の豪商達が並んでいる。日乃出はお利玖を見てはっとした。すっかりやせて、頬骨がとがっている。硬い表情をしている。善次郎がお利玖にいたわるような目を向けた。

「では、私どもがお先に」

己之吉が進み出た。手をたたくと、襖が開いて四人の女たちが頭を下げている。立ち上がると、大奥に勤める御殿女中の垂髪《すべらかし》に金糸銀糸の縫い取りのある打掛姿だ。

「これよりお目にかけますのは、江戸は日本橋、橘屋大掾の木型を使った干菓子でございます」

黒子が現れて奥から人の背丈ほどもある大きな物を運んで来た。はらりと布をはずすと、衣桁にかかった紅色の打掛が現れた。

「皇女和宮《かずのみや》様がお輿入れされた時の打掛を模したものでございます」

絹地と思われたのは飴である。裾には鶴亀、腰のあたりは御所車に菊、桜、梅など花が咲き乱れる。秋のもみじが散りかかり、肩の方は打ち出の小づちや隠れ蓑などの宝尽くし。干菓子で作って飴にはめ込んでいる。

晩夏の日差しを浴びて飴の紅色がなお一層、艶やかに輝いた。菊や桜の花々は、本物の花のようにみずみずしく咲き誇っている。秋のもみじも花に負けない艶やかさで、緑から黄、紅へとさまざまに色を変化させながらはらはらと散っている。さらに、宝尽くしのそれぞれの姿も面白くかわいらしい。

花に紅葉、宝尽くしとそれぞれの色や形が響き合い、融合して、眺めていると幽玄の世界に遊んでいるような心地すらしてきた。

白柏屋は一から新しい物を作るのは苦手だが、こんな風に昔からある物を組み合わせて形にするのはとてもうまい。職人達の技もすばらしい。しかも、使っているのは橘屋の木型なのだ。

お客達の間から、ほうっとため息がもれた。

白柏屋はそれなりの物を作って来ると思っていたが、これほど美しい菓子だったのか。

だから、己之吉はあの時、あれほど自信たっぷりだったのか。

負けるかもしれない。

日乃出は自分の膝が震えているのが分かった。

善次郎が席を立ち、次々客も続いて、菓子の周りに集まった。己之吉は勝ちを確信したような笑顔を日乃出に向けた。

「それでは浜風屋の菓子をお目にかけまする」

声がかかって浜風屋の番になった。

「菓銘は天竺《てんじく》王の夢でございます」

勝次が言った。

二曲一隻《いっせき》の屏風仕立てである。

中央には、四角い落雁で作った白い象、寄り添うように虎がいる。その周囲は色とりどりの砂糖菓子。升目描きで描いた若冲の屏風から想を得たものだ。

善次郎の頬がごくわずかにゆるんだのを、日乃出は見逃さなかった。

日乃出が花乃から聞いた若冲の話をすると、五郎はそれを題材にするよう強く勧めた。五郎は京都で修業しただけあって、若冲の升目描きのことを知っていた。

「絵のことはよう分からへんけど、絵柄がええんや。白い象が描いてあるねん。お釈迦様は白い象の姿になって、摩耶夫人の胎内に宿ったそうや。古来、白い象は豊穣を表す吉祥の姿。高位の人にふさわしい動物や」

「つまり、善次郎が大好きな絵柄だってことね」

純也がうなずいた。

五郎が帰った後、浜風屋の三人は若冲の屏風絵を教えてほしいと柳葉洞をたずねた。

主人の柳は喜んで奥の座敷に通し、書物を並べ講釈をしてくれた。

「伊藤若冲は八代将軍吉宗の時代に、京都に生まれました。生家は青物問屋で幼い頃から絵の才能がありまして、四十歳の時についに家業を弟にゆずり、絵一筋の道に進みます」

これまで何人に話して来たのだろう。立て板に水のよどみない説明だった。

「若冲は庭先に鶏を放して、毎日それを写生していたそうで、画面から飛び出して来るような生き生きとした、力強い鶏の絵を何枚も残しております。ですが、私がすばらしいと思いますのは、後年の作。墨一色で思い切りよく、さぁっと描いたものです」

柳はそこで言葉を切ると、三人の顔をながめた。

「若冲は人気が高く、よいものはなかなか手に入りません。ですが、ある京都の旧家がよんどころない事情で手放されるという話をうかがいまして、私、おととい、京都までまいりましてお預かりして来ました。明日の朝、一番で、あるお方にお見せする約束でございますが、今はまだ、私の手元にございます。ちょうどよい所にいらっしゃいました。もし、よろしければお見せしましょう。ご覧になりますか？」

どこかで聞いたような台詞だ。三人が見たいとも答えぬうちに、柳は屛風を取り出した。

それは、黒い鯨と白い象の横長の絵を小さな屛風に仕立てたものだった。柳の言う通り、太い筆で一気に描いたものらしく、墨がところどころかすれている。白い象は三日月の愛嬌のある目をしていた。鯨は背中しか描かれていない。潮を噴いているから鯨だろうと思うだけだ。すごいといわれるから、すごいような気がするが、子供が描いたといわれればそれも納得しそうだ。ともかく、日乃出が今まで見たことのない種類の絵だった。

「まぁ、すばらしいものねぇ」

純也は鼻がぶつかるほど近づいて眺めた。

「これと全く同じ構図で六曲一双の屛風がございます。ですから、こちらはその習作であると思われます」

「素敵ねぇ」

純也がまた言った。

「私もこのようないい状態のものは、初めて見ました。骨董はめぐり合わせ。ご縁のある方の所に参ります。一期一会。また、次の機会ということがないのですよ」

「本当にその通りだわ」

この前はその伝で皿を買ってしまった。小さいとはいえ、今度は屛風だ。皿とは値段が違う。純也が買いたいと言い出したら困るので、日乃出はあわてて升目描きについて知りたいと言った。

「升目描き、ですか」

柳は急に白けた顔になった。

「菓子で同じようなものを作ってみたいのです」

勝次が言うと、さらに不機嫌になった。

「升目描きで有名なのは、鳥獣花木図屏風というものです。でも、あれは八万六千個もの升目を使っていますからねぇ」

「いやいや、全くその通りに作る訳ではないので。善次郎様にお見せしようと思っているんです」

勝次が言った。

善次郎の名前が出て、柳ははっとした顔になった。

「まさか、浜風屋さんは菓子でこの屏風を作ろうというわけではないですよね」

「その、まさかよ。白柏屋と菓子比べをすることを聞いているでしょ」

純也が言った。

「ほう」

柳は大きなため息をついた。

「なるほど、なるほど。それはいい思いつきだ。さすがですなぁ」

笑顔になって喜び、鳥獣花木図屏風について図を描いて説明してくれた。

いわく。象は体が大きく、鼻の長い動物である。それを絵にする場合、ふつうは横向きに描く。その方が特徴をよく捉えられるからだ。ところが、この屏風で若冲は真正面から象を描いた。

「ですから、四角を並べて正面向きの白い象を描けば若冲に倣ったのだと想像がつきましょう。横に虎を配すれば、さらによいでしょうね」

それから丸二日、三人に五郎も加わって四角い落雁を作り続けたのである。

そうして出来上がったのが、この屏風だ。

上等の米の粉に阿波の和三盆糖を加えた落雁の象は白く光っている。横の虎は苦労した。何度作っても猫に見える。口が耳まで裂けてはいるが、なんとはなしに愛嬌がある。それでよかったのかどうかは分からない。象の白さを引き立てるよう、黄色と黒の縞は思いっきり鮮やかにした。

日乃出は屏風の前に和紙を敷いた。

純也が木槌を持って善次郎の前に進み出る。

「この木槌で象を追い出してくださいませ」

「ほう。これで打てと言うのか」

善次郎は屏風の前に立った。

「思いっきり、白い象の顔を打ってください」

木槌が鳴って、象を形作っていた落雁が一気になだれ落ちた。

その音に驚いて、お客達は一瞬、身をひいた。

純也がしてやったりの顔になる。

心配していたのは、一度に落雁が落ちるかということだ。まずは成功。

代わって現れたのは、南国の森を思わせる緑の木々だ。枝には色とりどりの果実が実り、ここかしこに小鳥が舞う。熱帯の密林さながらに色が溢れ、重なり合う。木の葉や果実、小鳥はすべて砂糖菓子だ。五郎が持って来た鼈甲飴の型を使った物もたくさん交じっている。

正直に言えば、一つ一つの菓子の形の美しさや繊細さでは白柏屋には及ばない。だからその分、迫力で勝負した。浜風屋の強みは体当たりでぶつかる元気のよさだ。まぁ、少しは知恵を働かせる所もあるかもしれないが。

干菓子といえば品がよくて格式高く、かしこまって味わう物という印象があるから、あえて反対を行ってみよう。少々乱暴でもいいから動きがあるもの。お客達を面白がらせ、喜ばせ、話の種にしてもらう、そんな菓子を考えたのだ。

「天竺では、白い象は釈尊の化身、豊穣を表すもの、王にふさわしい動物とされています。南国の密林にすむ鳥達が幸運をみなさまの元に運びます」

勝次が口上をのべた。

「これは愉快だ」

善次郎が笑い、客達から拍手がわいた。お利玖は身じろぎもせず、じっと落雁を見つめている。やがて、そっと涙をぬぐうと、静かに笑みを浮かべた。穏やかな目をしていた。

「なんだか、狐につままれたみたい。これでよかったのかしら」

荷車を引きながらの帰り道、純也はぼやいた。

結局、どちらも面白い、勝ち負けはなしということになった。これ以降の勝負はなし。両者仲よく橘屋の名を使えという「大岡裁き」である。

「白柏屋は顔が立つ。これからは、うちも橘屋の流れであると言えばいいんだ。なんにしろめでたいことじゃないか」

勝次が言った。

日乃出達の菓子は食べてもおいしいように作ってある。茶を点ててお客達にふるまい、残ったものは竹皮に包み、幸運のおすそ分けと言って働いているものに配った。

「賭けはどうなるの？　街のみんなが小銭を賭けていたでしょう」

日乃出がたずねた。

「さあなぁ。みんなに少しずつ戻して、残りは胴元の取り分だろう」

昔から胴元が儲かることに決まっている。

道の向こうに、定吉の姿があった。

「おい。結果はどうだった？」

「仲良く引き分けよ。どちらも橘屋の名を使えということになったわ」

純也が言った。

「そうか。そうか。まぁ、よかったじゃねぇか」

そううと、急に真顔になって声をひそめた。

「噂なんだけどさ。お利玖に廓の病気で寝たきりの姉さんがいたらしんだ。その姉さんが二十日ほど前に死んだ。お利玖はそれ以来、部屋から出なくなっちまった。今度の菓子比べは、善次郎がお利玖のために開いたんだ。きれいな菓子を作らせて、にぎやかにしてさ、元気を出してもらおうってことだったんだろ」

「なあんだ。そういうことだったのね。やっとわかったわ。だから、善次郎らしくもない大岡裁きを出したのね」

純也が手をたたいた。

「そうか。それで、お利玖は白い象を見て泣いていたのか」

勝次がうなずく。

日乃出は漢方薬の臭いが漂う、お利玖の古い家や何かをひきずるような鈍い音を思い出していた。

——私がこうして元気でいられるのは、姉が私の業《ごう》を全部背負ってくれたからだ。……だから、もういいよ、もういいよって言ってもさ、私の代わりに罰を受けてくれているんだ。

誰よりも大切な姉は、自分の業を背負って逝った。

お利玖は自分が生きていることが、辛くなったのかもしれない。

「私達の菓子は少しは役に立ったのかなぁ」

日乃出はつぶやいた。

「立ったよ、間違いなく。今度こそ、善次郎は菓子の力に気づいたはずだ。菓子は人を支えるんだ」

勝次が力強く言った。


月が替わって、お光の祝言になった。

それは盛大なもので、湊組の大広間には百人からのお客が招待されていた。希平は髪を黒く染め、紋付羽織袴でかしこまっていた。白無垢のお光は輝くように美しかった。だれがおかめ顔と言ったのだ。だれがおへちゃと言ったのだ。三国一の花嫁という言葉はお光のためにあるのだと日乃出は思った。

定吉は絶対に泣かないといったのに、お光が家で挨拶をした時に泣いて、花嫁行列で泣いて、高砂でまた泣いていた。お豊はずっとうれしそうにしていた。

浜風屋への注文は、精一杯派手にしてくれということで、日乃出達は飴や落雁、羊羹でたくさんの鳥が舞う大きな飾りを作った。鴛鴦《おしどり》は二人が末永く幸せに、添い遂げるようにという願いを込めて。鶴や孔雀《くじゃく》は大きく羽ばたきたいと言ったお光への思いを込めた。

菓子を作っている間中、日乃出はお光のことを思っていた。

一つ年上のお光はおっとりして、おおらかで、しっかりしていそうで頼りなく、でも肝心なところは間違えない賢さがあった。襖一枚隔てた部屋で寝起きしていたから、毎晩二人はおしゃべりをした。誰にも言えない思いをお光に打ち明けたこともある。お光に励まされたり、叱られたりした。お光がいなかったら、とうにくじけていたかもしれない。

そのお光の晴れの日を飾る菓子だ。

精一杯、美しい、華やかなものにしたいと思った。

亡くなった日乃出の父は言った。

「菓子は人の一生に寄り添い、節目を祝う物。人生に幾度とない、喜びの時を彩る菓子を依頼されるのは、信頼の証。菓子屋冥利に尽きるものだ」

日乃出はお光への感謝の気持ちを込めて、菓子を作り続けた。

昼から始まった宴は、夜まで続く。

途中、お光が日乃出の所にやって来て、言った。

「今まで、本当にありがとう」

「こちらこそ、ありがとう。お光さん、とってもきれい。よかったね。おめでとう」

「あたし、今日のために日乃出ちゃんの作ってくれた菓子のこと、一生忘れない。辛いことや淋しいことがあった時には、このお菓子を思い出す。そうすれば、きっと元気になると思う。菓子は人を支えるっていうのは本当ね」

「お光さんには希平さんがいるんだから、辛いことなんかないよ」

「そんなこと、分からないわよ。長い人生なんだから」

「私、これからもお光さんや希平さんのために菓子を作るから。子供が生まれたらお祝いの菓子、お宮参りに七五三。それから、孫が生まれた時、二人の還暦のお祝い。腰が曲がっておばあさんになっても、作るから」

「いやあね。そんなすぐにあたしをおばあさんにしないでよ」

お光が笑うと、涙がほろりと落ちた。

純也のおかしな落語を聞いて二人で笑い転げたのはついこの間のことなのに、はるか昔のように思えた。あの話に出て来たのは露の白玉で、お光と希平を結び付けたのはお菓子の白玉だった。考えてみると不思議な縁《えにし》だ。

嫁ぐ日が決まってから、お光は変わった。もともと浮ついたところのない芯のしっかりした娘だったが、少々のことではめげないという強さが加わったような気がする。希平を助け、生きて行く覚悟を決めたのではないだろうか。

今日、お光は旅立って行くのだ。心の中にある橋を渡って向こう岸に至る。うれしいけれど、待っていてくれる人もいるけれど、それでもやっぱり少し淋しい、不安もある。だが、決めたからには自分の足で渡りきらねばならないのだ。

パンパンパン。

玄関の方で威勢のいい音をたてて、とうもろこしがはじけて鳴った。

五郎が、とうもろこしを鍋で熱している。花のように開いたとうもろこしに、純也が五色の砂糖蜜をかけ、お祝いに集まった近所の人に配る所だ。

清国の人達のように、にぎやかに爆竹を鳴らして幸運を呼びたいと希平が言い、五郎が大阪にある菓子を教えてくれた。五色の蜜をかけることは、四人で考えた。

みんなに、たくさんの幸せがやって来ますように。

お光がこれからも、ずっと幸せでありますように。

おいしいお菓子で、みんなを喜ばせることが出来ますように。

日乃出はとうもろこしのはじける音を聞きながら、心の中でお願いした。

浜風屋
こぼれ話
五郎のひとり言

ごきげんさん。

五郎だ。

わしは以前、京の亀屋吉野という菓子屋で働いていた。

亀屋吉野は知っているだろ？　なんだ、知らねぇのか。しょうがねぇなあ。御所にもお出入りを許された有名な店だ。お客さんは、なんとか小路とか、かんとか麿とかいうお公家さんに、お寺さん、お茶やお花の家元もいる。一見さんはお断りだよ。紹介がないと買えないんだ。

まぁ、だけど、御一新の戦で店が焼けた。うちの店だけじゃないよ。あたり一面全部。ひどいもんだ。それで店の主人やほかの職人たちといっしょにこっちに来たんだ。

京から来たというと「お客さんに帰ってほしいとき、ぶぶ漬け、いかがどすかって聞くんだろ」って、よく聞かれる。

なんだ、それ？　知るか。

わしは菓子屋の奉公人で掃除や洗い物をしていたんだ。お客になんかなったことがない。

「お前みたいなやつは、もう、いらん。帰れ」ってしょっちゅう、親方に怒鳴られてたわ。

京の職人は東京に行くと「京下り」って呼ばれて、高い給金で雇ってもらえるって言ったのはだれだったかなぁ。

あれも大嘘だったな。

東京につくと、亀屋吉野はすぐ新しい店を出すことができた。もっとも昔とは比べ物にならないくらい小さな店だ。しょうがないよな。こっちには贔屓にしてくれるお公家さんも、家元もいないんだ。昔からいる職人と番頭は雇われたけど、わしは「いらん」て断られた。いっしょに東京まで旅をして来たのにな。あっさりしたもんだ。

そうだ。そのときに、言われたんだ。

「お前は若いし、京下りだ。働くところはすぐ見つかる」って。

その気になってあちこち行ったけど全然だめだった。困っていたら、これからは横浜だって教えてくれる人がいて、横浜に来た。

だけどさぁ、横浜だって同じだよ。

だいたい横浜の人は新しもん好きなんだ。

「羊羹、最中は古い、古い。これからはケーキの時代」なんだそうだ。

ケーキがいいか、いっそ牛鍋屋で働こうかとか、こっちもいろいろ考えたよ。だけどね、やっぱり菓子しかない。それもケーキじゃなくて、羊羹、最中、饅頭だ。

あんこが好きなんだよ。小豆を煮ているときの、あの甘くてやわらかな香りをかぐと幸せな気持ちになる。粒あんが黒く、つやつやぴかぴか光っているのも、きれいだよねぇ。

見てきれいで、食べておいしくて、みんなが幸せな気持ちになるのが、菓子だ。すごいよね。そういう仕事はほかにないよ。

本当はさ、浜風屋で働きたかったんだ。

菓子もまぁ、悪くないしさ。京下りのわしの目から見ると、あんの炊き方だって、生菓子の仕上げだって、言いたいことはいっぱいあるよ。だけど、あそこの菓子には心があるよな。まっすぐなんだ。だから、また、食べたくなる。

ああ、日乃出か？

うん。かわいいよな。面白いし、好きだ。

じつは、近江の生まれなんだ。

亀屋吉野には、あの店ならではの色があるんだ。華やかで品のいい、いわゆるはんなりした色だな。わしにはそれがなかなか出せなかった。

はんなりした色が出せないのは、京の生まれじゃないからだって、店の奴らに言われた。それで、近江の生まれだってことを、わしはずっと引け目に感じていた。性格が少しひねくれたのは、そんな風にいじめられたせいかもしれないな。

でも、横浜に来たら気持ちが変わった。ここには日本中から人が来ている。外国の人もいる。はんなりした色が出せないのは、わしの問題で、どこで生まれたかは全然関係ない。わしらしい色を出せばいいんだ。そう気がついたら、気持ちが晴々とした。

そんなこんなで、わしは横浜が好きになった。いろいろあったけど、ここで頑張るよ。

菓子の中で一番好きな、栗蒸し羊羹のつくり方を教える。あんたにも、菓子を好きになってほしいからさ。

じゃ、また。

栗蒸し羊羹の材料とつくり方

材料

15㎝×15㎝の流し缶……1台分
小豆こしあん……450g
薄力粉……50g
片栗粉……10g
砂糖……50g
塩……少々
湯（60℃）……60〜80㎖
栗の甘露煮……250g
*こしあんは寒天を使っていない物

つくりかた

1. 流し缶にオーブンシートを敷く。
2. ボウルに小豆こしあんと薄力粉と片栗粉を入れてよく混ぜる。砂糖と塩も加えてさらに混ぜる。
3. 湯を少しずつ加えながらゴムべらで混ぜる。へらからリボンのように落ちるくらいの固さにする。
＊冷めると固まるのでゆるめにします。
4. 流し缶に 3 を1／3入れ、栗の甘露煮を並べ、残りの 3 も流し入れ、缶をゆすって表面をならす。
5. 蒸し器に入れ、布巾ではさんだふたをして強火で40分蒸す。
6. 蒸し器から取り出して自然に冷まし、切り分ける。

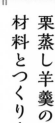

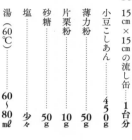

本書は二〇一五年七月にポプラ文庫より刊行された作品
に加筆・修正を加えた新装版です。
「浜風屋こぼれ話　五郎のひとり言」は書き下ろしです。

浜風屋菓子話
日乃出が走る〈三〉新装版

中島久枝

2020年7月5日　第1刷発行

発行者　千葉 均
発行所　株式会社ポプラ社
〒102-8519　東京都千代田区麹町4-2-6
電話　03-5877-8109(営業)　03-5877-8112(編集)
ホームページ　www.poplar.co.jp
フォーマットデザイン　bookwall
校正・組版　株式会社鷗来堂
印刷・製本　中央精版印刷株式会社

N.D.C.913/254p/15cm　ISBN978-4-591-16710-6

P8101407